Inhalt

D1922543

Kapitel 1: Ein Flüstern über den Dächern

Alles begann in einer Nacht ohne Geräusche.

Kein Laut, kein Hupen, kein fernes Lachen. Nur der Wind, der an den Fassaden rieb, als würde er versuchen, eine Erinnerung zu lösen. Die Stadt lag unter einer dichten Wolkendecke, und der Himmel selbst hatte seine Farbe vergessen.

Kian saß auf dem Dach eines verlassenen Hauses, die Beine über dem Rand baumelnd, um ihn herum: Beton. Grau in Grau. Die Stadt pulsierte, aber ihr Herzschlag war leise geworden – dumpf, erstickt unter Asphalt, Sirenen in der Ferne und Mülltonnendeckeln, die im Wind klapperten. Ein Hund bellte irgendwo, fern genug, um surreal zu wirken. Papierfetzen tanzten in kleinen Wirbeln über den Boden, aufgescheucht wie Erinnerungen.

Er war nicht zufällig hier oben.

Das Dach war sein Rückzugsort geworden. Kein Zufluchtsort im romantischen Sinne, sondern ein stiller Protest gegen das, was unten geschah. Seit Monaten kletterte er über die quietschende Feuertreppe hinauf, jede Stufe ein Akt des

Velmora

Das Echo der Tiefe

Band 1

Neuauflage 05/2025

Taren Veylor

TV

TAREN VEYLOR

Für meine Tochter Clarissa,

die mich daran erinnert, wie schön Kindsein ist

und für Lena – mein Licht in der Dunkelheit.

Widerstands gegen die Welt, die ihn in Rollen pressen wollte, die ihm nicht passten. Die rostige Tür zum Dach klemmte oft; man musste sie mit einem festen Stoß überwinden, als wollte das Gebäude selbst ihn fernhalten. Doch er kam trotzdem. Immer und immer wieder.

Hier oben war er nur Kian. Kein Pflegekind. Kein Problemfall. Kein Schüler, der durch das Raster fiel. Kein Junge mit einem merkwürdigen Blick, den niemand einordnen konnte. Nur ein Körper im Wind. Ein Herz, das noch schlug.

Er trug einen ausgewaschenen schwarzen Kapuzenpullover, der an den Ärmeln leicht ausgefranst war, eine verwaschene Jeans, an den Knien aufgeraut, und abgetretene Turnschuhe, deren weiße Kappen längst von Straßenschmutz vergraut waren. Die Kapuze hatte er tief ins Gesicht gezogen, aber der Wind hatte sie bereits halb zurückgedrückt. Dunkle, unruhige Strähnen fielen ihm ins Gesicht. Seine Züge waren schmal, mit einem scharfen Kinn und Wangenknochen, die im Zwielicht fast kantig wirkten. Unter seinen Augen lagen Schatten – nicht von Schlafmangel allein, sondern von etwas, das tiefer ging. Seine Haut war blass, fast ungesund in der kalten Nacht.

Drinnen, in der Wohnung seiner Pflegeeltern, war das Leben zu laut. Nicht durch Stimmen oder Lachen, sondern durch die ständige Überlagerung von Dingen, die man nicht aussprechen wollte. Der Fernseher lief ständig, selbst wenn niemand zusah. Die Uhr in der Küche tickte so penetrant, dass Kian manchmal davon wach wurde. Und die Frau, die ihn "Sohn" nannte, tat das mit einer Betonung, die das Wort wie eine Pflicht erklingen ließ. Der Mann war meist im Arbeitszimmer. Arbeitete angeblich. Meist klickte er aber durch Webseiten oder spielte irgendwelche simplen Handyspiele.

Es war kein Zuhause. Es war eine Durchgangsstation. Ein Möbelhaus aus menschlichen Bindungen, alles sauber aufgestellt, aber ohne Leben und ohne Liebe.

Der Wind zerrte an seiner Kapuze. Er zog sie tiefer ins Gesicht. Irgendwo klirrte Glas, ein dumpfes Scheppern aus einem Hinterhof. Kian zuckte nicht. Er hatte gelernt, nichts mehr zu erwarten, was nicht direkt auf ihn zukam.

Er war siebzehn. Allein. Und wusste, dass etwas mit ihm nicht stimmte.

Nicht, weil man es ihm gesagt hatte – obwohl das bereits viele Male vorgekommen war. Nicht, weil er auffiel – obwohl er das tat. Sondern weil er es spürte. Unter der Haut, wie einen zweiten Herzschlag, der nicht zu seinem eigenen Leben gehörte. Etwas, das flackerte, das sich manchmal bewegte, wenn er dachte, allein zu sein.

Schon als Kind hatte er Dinge gesehen, die nicht da sein sollten: Schatten, die nicht zu Objekten passten. Spiegelbilder, die sich anders bewegten als er selbst. Licht, das flackerte, wenn er wütend war. Und seine Augen – seine Iris hatte einen feinen, goldenen Ring, kaum sichtbar, nur unter bestimmtem Licht. Manche bemerkten ihn, dachten vielleicht, es sei ein Lichteffekt oder eine Einbildung. Andere – Mitschüler vor allem – hatten ihn mit Spitznamen belegt: "Lichtauge", "Freak", "Alien". Nicht, weil sie verstanden, was sie sahen. Sondern weil sie spürten, dass er anders war.

Die meisten Spitznamen hielt Kian nicht lange aus – denn er blieb nie lange. Jede Pflegefamilie war ein neuer Start, jede Schule ein weiteres Kapitel, das er nicht schreiben wollte. Nicht weil er sich verweigerte, sondern weil etwas immer wieder quer lag – wie ein Splitter, den niemand sehen, aber jeder spüren konnte. Manche Familien gaben sich Mühe. Doch sobald die ersten seltsamen Dinge passierten – Lampen, die flackerten, Türen, die sich selbst zu öffnen schienen, Momente, in denen Kian zu wissen schien, was als Nächstes passieren würde – schlug die anfängliche Fürsorge in Misstrauen um. Mal war es stille Ablehnung, mal offener Argwohn. Und manchmal reichte schon ein einziger Blick von ihm, um eine Tür dauerhaft zu verschließen. Er wurde weitergereicht wie ein ungelöstes Rätsel, das niemand behalten wollte, aber auch niemand erklären konnte.

Er holte eine kleine Münze aus der Tasche – abgewetzt, fast schon unkenntlich, aber für ihn von Bedeutung. Es war das Einzige, was er aus seiner frühesten Kindheit behalten hatte. Niemand wusste, woher sie kam. Die Münze, die ihm seine Mutter einst gezeigt hatte, als er noch ein Kind war. Für ihn war sie das letzte Fragment, das ihn mit seinen leiblichen Eltern verband – eine Verbindung zu einem Leben, das ihm nie erzählt worden war. Er drehte sie zwischen den Fingern, spürte das kalte Metall auf seiner Haut, als könne es ihn erinnern. Dann warf er sie kurz in die Luft, fing sie wieder auf und hielt inne. Ein Atemzug. Ein Moment. Schließlich steckte er sie wortlos zurück in die Tasche. Sicher. Nah. Denn verlieren wollte er sie nicht. Nicht diese eine Sache.

Unter ihm tauchte ein schwaches Leuchten auf – bläulich, suchend.

Ein Polizeiwagen glitt durch die Straße unter ihm, die Reifen leise auf dem nassen Asphalt, als würde das Fahrzeug durch Gedanken fahren, nicht durch Stein und Straße. Das Blaulicht warf flackernde Schatten über die Häuserzeilen, zerschnitt für einen Moment die Dunkelheit wie ein zögernder Gedanke. Der Schein zuckte über das Mauerwerk des gegenüberliegenden Parkhauses, huschte über Kians Gesicht und blieb wie ein Nachbild auf seiner Netzhaut zurück. Für einen Herzschlag lang hatte er das Gefühl, das Licht hätte nicht nur seine Haut berührt, sondern etwas viel Tieferes – einen Ort in ihm, den er lange verschlossen glaubte. Als hätte es an einer Stelle in ihm geleuchtet, die nicht für Licht gemacht war.

Etwas regte sich in ihm – nicht wie ein klarer Gedanke oder ein deutliches Gefühl, sondern eher wie das leise Knacken von Eis, unter dem ein See langsam wieder zu atmen beginnt. Es war keine Stimme, kein Bild, kein greifbares Echo. Aber es war da. Unüberhörbar für das, was tief in ihm schlief.

Es war wie der Vorabend eines Traums, der sich zu früh ankündigt – zu greifbar, um ihn zu ignorieren, zu schemenhaft, um ihn zu begreifen.

Und plötzlich war sie wieder da.

Nicht hier. Nicht real. Aber gegenwärtig – in seinem Kopf, in seiner Brust, in jenem unauslöschlichen Bild, das selbst Jahre nicht hatten verblassen lassen. Als hätte das Licht sie hervorgelockt, oder die Dunkelheit sie nie wirklich gehen lassen.

Damals war er acht gewesen. Krank, fiebernd, allein in einem Heim, das nach Desinfektionsmittel, altem Plastik und dieser besonderen Art von Müdigkeit roch, die nur Orte ausstrahlten, in denen niemand wirklich bleiben wollte. Der Regen peitschte gegen die Fensterscheibe, jeder Tropfen ein kleiner Schlag gegen die dünne Grenze zur Außenwelt.

Er hatte gezittert, nicht nur vor Kälte, sondern vor einem Gefühl, das er damals noch nicht benennen konnte – als würde etwas auf ihn warten, etwas, das nicht durch Türen kam. Und dann war sie da gewesen.

Eine Frau. Ihre Haut wirkte wie aus Asche geformt, ihr Haar fiel dunkel und schwer über die Schultern. Doch es waren ihre Augen, die sich eingebrannt hatten: glühend, nicht von Licht, sondern von etwas, das tiefer lag – als hätte man Funken in sie gelegt, Erinnerungen, die zu heiß zum Vergessen waren.

Sie saß einfach da, an seinem Bett, als gehöre sie dorthin. Die Tür hatte sich nicht geöffnet, keine Schritte, kein Schatten im Flur. Sie war einfach da.

Sie sagte nicht sofort etwas. Sie sah ihn an. Und in diesem Blick lag keine Bedrohung, keine Zärtlichkeit – sondern eine Art Wissen. Als würde sie nicht ihn anschauen, sondern das, was in ihm verborgen war.

"Du bist kein Irrläufer, Kian", hatte sie gesagt. Ihre Stimme war rau, voller Staub und Wahrheit. "Du trägst das Licht. Und das Licht wird dich führen. Wenn du es nicht verlierst."

Dann hatte sie geblinzelt – oder er. Und sie war fort. Einfach so.

Kein Betreuer hatte sie gesehen. Niemand hatte ihm geglaubt.

Er war damals aus dem Bett geklettert, barfuß und noch zitternd vom Fieber und dem Schreck, und hatte sich tastend durch den dunklen Flur des Heims geschleppt. Seine Stimme hatte kaum gereicht, um jemanden zu rufen. Schließlich hatte er an der Bürotür des Nachtdienstes geklopft – erst leise, dann immer panischer.

Der Betreuer hatte die Tür geöffnet, blinzelnd und müde, die Tasse Kaffee noch in der Hand. Und Kian hatte erzählt, so gut er konnte. Von der Frau, von ihren Augen, von ihren Worten. Doch kaum hatte er ausgesprochen, was sie gesagt hatte, veränderte sich der Blick des Mannes. Erst irritiert, dann abschätzig. Schließlich dieses Stirnrunzeln, das sagte: 'Das gehört nicht hierher.' Ein Blick, der sich nicht auf das Kind richtete, sondern auf das Formular, das gleich ausgefüllt werden musste – sachlich, abschließend. Als müsse man das Unfassbare nur mit einem Stempel versehen, um es verschwinden zu lassen.

"Du hast Fieber, Kian", hatte er erklärt. "Hohe Temperatur. Da kann es passieren, dass man

Dinge sieht. Aber da war niemand. Verstehst du? Niemand war da."

Er hatte genickt. Nicht weil er glaubte, was sie sagten – sondern weil er spürte, dass niemand mehr zuhören würde. Die Akte später sprach von Fieberwahn.

Aber es war echt gewesen.

Seitdem waren Jahre vergangen. Doch das Bild war geblieben. Und nicht nur das. Die seltsamen Vorkommnisse hatten sich gehäuft. Flüsternde Stimmen, wenn er allein war. Lichtverzerrungen. Und immer wieder dieser innere Sog – als gehöre er nicht hierher. Nicht in diese Welt. Nicht in diesen Körper.

Ein Knacken riss ihn aus dem Gedanken.

Nicht sehr laut. Eher wie ein sanftes Knirschen, wie ein Schritt auf Kies. Kian drehte sich langsam um. Sein Herz setzte kurz aus. Beim Treppenaufgang bewegte sich etwas. Die Tür, die ins Dunkel führte, stand leicht offen. Zu weit, um Zufall zu sein.

Seine Finger kribbelten. Ein Prickeln, als würden kleine Funken unter der Haut tanzen.

Leise stand er auf und löste sich vom Rand der Dachkante, wo er bisher gesessen hatte. Jeder Muskel war gespannt, bereit zu fliehen und doch wie eingefroren. Vorsichtig wich er einen halben Schritt zurück, in Richtung der schmalen Fläche neben dem Aufgang, wo der Wind weniger zerrte und der Beton nicht sofort in den Abgrund führte. Sein Blick blieb auf die Dunkelheit gerichtet, starr, als könnte er sie mit bloßem Willen entwirren.

Nichts.

Doch die Stille war zu vollkommen. Sie hielt zu lange an, dehnte sich über den Moment hinaus, als wollte sie Raum schaffen für etwas, das nicht aus dieser Welt stammte. Kian hielt den Atem an. Jeder Herzschlag fühlte sich plötzlich lauter an als der Wind, der um die Gebäude strich. Seine Finger zuckten unbewusst, suchten Halt an der rauen Kante der Mauer.

Dann bewegte sich etwas. Kein Geräusch, kein Knacken – nur ein Schatten, der sich von der Dunkelheit selbst zu lösen schien. Wie ein Nebel, der eine Form angenommen hatte. Langsam trat eine Silhouette hervor, als hätte sie nicht die

Treppe heraufgestiegen, sondern sich direkt aus der Finsternis geformt.

Dunkel. Groß. Mit einem Mantel, der sich im Wind bewegte wie Rauch, der nicht wusste, ob er kommen oder gehen wollte. Ihr Umriss war scharf, fast zu scharf für das verschwommene Licht der Nacht. Und doch konnte man kein Gesicht erkennen – nur diese Präsenz, die so klar war, dass sie schmerzte. Eine Schneide im Raum.

"Kian", sagte die Gestalt.

Nicht laut. Und doch war der Name sofort da. Als hätte sie ihn nicht gesprochen, sondern einfach in den Raum gelegt – zwischen zwei Atemzüge, zwischen Licht und Dunkel.

Er wich weiter zurück, stolperte fast über einen rostigen Eimer, der neben einem morschen Lüftungsschacht stand. Die Gestalt trat nun weiter ins Licht – oder vielmehr: das Licht wich ihr aus, als wolle es sie nicht vollständig enthüllen. Was Kian erkennen konnte, ließ ihm den Atem stocken. Langes, dunkles Haar fiel schwer und seidig über ihre Schultern, vom Wind kaum bewegt, als gehorche es einer anderen Schwerkraft. Ihre Haut war hell, fast durchscheinend, doch nicht bleich – eher wie

Mondlicht, das menschliche Form angenommen hatte.

Ihre Gesichtszüge wirkten scharf und doch zeitlos. Augen, grau wie Sturmwasser, durchzogen von feinen Linien wie Brüche im Spiegelbild – nicht kalt, aber wachsam. Es war ein Blick, der nicht suchte, sondern fand. Der nicht fragte, sondern wusste. Kian hatte das Gefühl, als würde sie nicht ihn ansehen, sondern alles, was je in ihm gewesen war – und alles, was noch kommen sollte. In ihrer ganzen Erscheinung lag etwas Unwirkliches, wie aus einem anderen Zeitalter, oder einer anderen Regel.

Kühl. Wach. Tief. Und so unfassbar gegenwärtig, dass der Raum um sie herum zu atmen schien.

"Wer...?"

"Du hast den Schleier gespürt", unterbrach sie ihn. Ihre Stimme war ruhig. Keine Bedrohung. Und doch vibrierte sie vor Bedeutung.

Kian wollte fliehen. Alles in ihm schrie danach, sich abzuwenden, loszurennen, sich in der Stadt unter ihm aufzulösen. Doch sein Körper blieb stehen – nicht gelähmt, sondern gehalten. Nicht aus Angst. Sondern aus einem Gefühl, das tiefer ging als Reflexe, als Flucht oder Verteidigung.

Es war, als hätte ein unsichtbares Band ihn zurückgehalten – nicht grob, sondern entschieden. Wie ein Teil von ihm, das bereits wusste, dass dieser Moment nicht Gefahr bedeutete, sondern Bedeutung. Das Gefühl war keine Warnung, sondern ein Erkennen. Als würde sich in ihm etwas wiederfinden, was nie benannt worden war.

Die Frau kam näher. Kein Zittern in ihrem Gang, keine Eile. Ihre Schritte waren lautlos, aber bestimmt, als trügen sie nicht nur sie, sondern auch etwas mit – eine Absicht, eine Geschichte. Der Wind spielte um ihren Mantel, doch sie selbst bewegte sich, als sei sie jenseits der Gesetze dieser Welt.

Und in Kian wuchs die Gewissheit: Dies hier war kein Zufall. Es war der Beginn von etwas, das längst beschlossen war.

: "Du bist ein Gezeichneter. Einer, den die Welt nie verstanden hat – nicht, weil du falsch bist, sondern weil du etwas in dir trägst, dass sie nicht greifen kann." "Du bist einer von uns."

"Wer ist 'uns'?"

Die Luft zwischen ihnen flackerte. Nicht sichtbar. Nur spürbar. Ein Kribbeln, wie statische Elektrizität.

"Du bist ein Träger", sagte sie mit leiser Bestimmtheit. "Du trägst etwas in dir, das älter ist als Erinnerung – etwas, das nicht geschaffen wurde, sondern gewartet hat. Der Schleier ist erwacht, Kian. Er beginnt dich zu suchen, weil er dich erkennt. Nicht als Zufall. Nicht als Störung. Sondern als Teil von sich. Du bist nicht hier, weil du entkommen bist. Du bist hier, weil es an der Zeit ist."

Kian spürte, wie sich in ihm etwas bewegte – langsam, beharrlich, wie das Erwachen einer Erinnerung, die nie ganz verschwunden war. Es war kein Muskel, der zuckte, kein Gedanke, der sich formte, sondern ein tieferes Pulsieren, das sich durch seine Brust zog, durch die Arme, bis in die Fingerspitzen. Etwas, das nicht aus ihm kam, aber längst in ihm wohnte. Etwas, das gewartet hatte. Geduldig. Schweigend. Wie ein Herzschlag unter einem gefrorenen See, der erst jetzt wieder zu klingen begann.

Der Wind trug den Rauchgeruch der Stadt heran – vertraut, aber fremd, als würde er ihn an eine

Welt erinnern, die ihn längst vergessen hatte. In der Ferne heulten Sirenen, doch sie wirkten wie ein Echo aus einem anderen Leben. Alles um ihn herum verblasste, wurde dumpf, langsamer. Und in seinen Adern, dort, wo sonst nur Blut floss, begann etwas zu pochen.

Es war kein Schmerz, der durch seine Adern kroch, keine Wunde, kein körperlicher Reiz – und doch war es so spürbar, so eindringlich, dass es ihm den Atem stocken ließ. Was auch immer da in ihm erwachte, war kein Teil seines Körpers, kein Muskel, kein Reflex. Es war nichts, dass er bewusst kontrollieren konnte, und doch war es da – deutlich, fordernd, wie ein fremder Puls, der sich in den seinen mischte.

Es fühlte sich nicht an wie etwas Organisches, und doch war es lebendig. Nicht wie ein Tier, nicht wie ein Mensch – eher wie ein Gedanke, der Bewusstsein erlangte. Etwas, das nicht von außen kam, sondern immer schon da gewesen war. Versteckt. Wartend.

Es war kein Herzschlag. Kein Impuls. Kein Befehl seines Gehirns.

Es war ein Ruf – einer, der nicht gesprochen wurde, und doch alles durchdrang.

Ein Ruf aus einer Tiefe, die nicht mit Worten beschrieben werden konnte. Alt. Fremd. Und doch seltsam vertraut.

Etwas, das mehr über ihn wusste, als er je gewusst hatte.

Etwas, das jetzt – in dieser Nacht, in diesem Moment – aus seinem innersten Kern nach oben stieg, sich ausbreitete, wie Nebel, der durch alte Risse dringt. Etwas, das endlich wieder atmete. Und mit jeder Sekunde wurde Kian klarer: Es war Teil von ihm. Und es war wach.

Kian schluckte. Der Drang, etwas zu sagen, etwas zu fragen, war plötzlich übermächtig – doch die Worte blieben ihm im Hals stecken. Schließlich brachte er ein heiseres Flüstern hervor, kaum mehr als ein Hauch: "Was... soll ich tun?"

Die Frau neigte leicht den Kopf, als würde sie auf etwas lauschen, das er nicht hören konnte. Ein kaum wahrnehmbares Lächeln zuckte über ihre Lippen – nicht spöttisch, nicht mild, sondern wissend.

"Du wirst es wissen, wenn es so weit ist", antwortete sie. "Noch ist es nicht an der Zeit. Aber du bist gesehen worden. Und das reicht."

Er wollte etwas erwidern, doch in diesem Moment blähte sich eine Böe über das Dach, kalt und heftig. Für einen Sekundenbruchteil flackerte das Licht der Stadt unter ihnen – und als Kian wieder aufsah, war sie fort.

Kein Laut. Keine Spur. Kein Schatten.

Nur der Wind, der sich legte, als hätte er etwas mitgenommen.

Kian stand da, allein, das Herz pochend. Und zum ersten Mal war er sich sicher: Etwas hatte begonnen. Und es würde ihn nicht mehr loslassen.

Lange blieb er regungslos, den Blick auf die Stelle gerichtet, an der sie gestanden hatte. Der Wind fuhr ihm kalt unter die Kleidung, doch er spürte ihn kaum. Seine Gedanken kreisten, taumelten wie lose Blätter in einem Sturm. Wer war sie gewesen? Was meinte sie mit Träger? Und was war dieser Schleier, der ihn nun zu suchen begann?

Er wartete noch einen Moment, als könne etwas zurückkehren. Doch nichts geschah.

Schließlich rieb er sich über das Gesicht, zwang sich, tief durchzuatmen. Die vertrauten Geräusche der Stadt begannen sich wieder in sein Bewusstsein zu schleichen: das entfernte Brummen eines Motors, das Rattern einer Bahn, das gelegentliche Klirren in den Gassen. Die Welt war dieselbe geblieben – nur er nicht.

Langsam wandte er sich ab, ging zur rostigen Tür und stieß sie mit der Schulter auf. Die Stufen der Feuertreppe knarrten unter seinen Schritten, als wollte das Gebäude ihn fragen, ob er wirklich zurückkehren wollte.

Aber er ging.

Zurück in eine Wohnung, die nie ein Zuhause gewesen war. Zurück in eine Nacht, die ihren Atem angehalten hatte. Und doch mit dem Gefühl, dass er ab jetzt nicht mehr derselbe war.

In der Wohnung war alles still. Nur das dumpfe Summen des alten Kühlschranks und das entfernte Rauschen des Verkehrs drangen durch die Wände. Kian schloss die Tür hinter sich, bewegte sich wie in Trance durch den Flur, zog sich nicht einmal die Schuhe aus. In seinem

Zimmer war es dunkel, das Fenster beschlagen. Er ließ sich auf das schmale Bett sinken, ohne das Licht anzuschalten.

Sein Kopf pochte vor Gedanken. Immer wieder sah er das Gesicht der Frau vor sich, hörte ihre Stimme, spürte dieses fremde, warme Pulsieren in seiner Brust. Was meinte sie mit "Träger"? Was war der Schleier? Und warum fühlte es sich an, als würde sich tief in ihm eine Tür öffnen, die er nie zuvor bemerkt hatte?

Lange lag er da, die Augen offen, den Blick an die Decke gerichtet, die in der Dunkelheit keine Kontur hatte. Der Raum fühlte sich plötzlich enger an, fremder – als hätte die Nacht sich mit hereingeschlichen.

Irgendwann, als die Geräusche draußen leiser wurden und das Dröhnen in seinem Inneren kaum noch auszuhalten war, fiel er in einen unruhigen Schlaf.

Ein Traum suchte ihn heim, so vage wie ein Geruch aus Kindertagen. Kian stand auf einer weiten Ebene, die sich in alle Richtungen verlor. Der Himmel darüber war ein waberndes Grau, wie flüssiger Stein, und die Luft war still, zu still. Unter seinen Füßen knirschte der Boden – nicht Erde, sondern etwas, das sich anfühlte wie zerbrochene Erinnerungen. In der Ferne stand eine Gestalt. Regungslos. Ohne Gesicht. Aber ihre Präsenz war so vertraut, dass Kian das Herz stockte. Er wollte auf sie zugehen, doch seine Schritte führten ihn nicht vorwärts. Die Ebene dehnte sich aus, mit jedem Schritt wurde sie weiter, endloser.

Dann kam ein Licht. Kein strahlendes, hoffnungsvolles Licht – sondern eines, das Risse in den Horizont schnitt. Ein Leuchten, das aus einer anderen Wirklichkeit zu stammen schien. Die Gestalt hob die Hand. Kian blieb stehen. Er konnte ihren Mund nicht sehen, aber ihre Worte klangen in seinem Inneren:

"Es wird beginnen, wenn du aufwachst."

Mit einem Keuchen schreckte er hoch. Sein Atem ging schnell, die Stirn war feucht. Regen trommelte gegen die Fensterscheibe, unablässig, wie ein mahnendes Echo. Er lag in seinem kleinen Zimmer, die Decke halb von sich geschoben, das Licht des Morgens blass und zerstreut. Für einen Moment wusste er nicht, wo der Traum aufhörte und die Wirklichkeit begann.

Langsam richtete er sich auf. Seine Muskeln protestierten, als hätte der Schlaf ihn mehr geschwächt als gestärkt. Mit schwerem Atem schob er die Decke ganz zur Seite, setzte die Füße auf den kühlen Boden und verharrte. Das Zimmer roch nach Nacht, nach alten Gedanken, nach sich selbst.

Er stand auf, trat ans Fenster und lehnte die Stirn an das Glas. Die Tropfen rannten unermüdlich die Scheibe hinab, verzerrten die Welt dahinter wie ein feuchter Schleier. Unten glänzten die Straßen wie verschüttetes Quecksilber, und die Stadt wirkte fremd – wie ein Ort, den man kennt, aber nicht wiedererkennt.

Nach einem Moment wandte er sich ab, ließ sich langsam auf den Teppichboden sinken, die Beine angezogen, das Kinn auf den Armen. In seinen

Händen hielt er das alte Foto – das Einzige, was ihm geblieben war. Zwei Gestalten. Eine Frau, ein Mann. Die Gesichter halb im Schatten, halb im Licht. Vertraut und doch fern wie eine vergessene Melodie. Seine Eltern. Auch wenn die Details zu verblassen drohten – die Art, wie sie standen, wie ihre Schultern sich fast berührten, wie die Frau leicht lächelte und der Mann die Kamera ernst musterte – ließ keinen Zweifel. Es waren sie. Das Bild war alt, vergilbt, an den Ecken leicht eingerissen, aber für Kian war es wie ein Portal zu einem Leben, das nie ganz zu Ende erzählt worden war.

Er strich sich eine Strähne aus der Stirn, fuhr sich über das Gesicht, als könne er die Müdigkeit damit fortwischen. Der Tag hatte begonnen. Doch es fühlte sich nicht wie ein Anfang an. Eher wie das leise Echo von etwas, das noch im Verborgenen lauerte.

Er versuchte, sich an ihre Stimmen zu erinnern. Doch da war nichts. Nur ein Vakuum, ein Rauschen. Dafür kamen andere Erinnerungen: flüchtige Bilder, Geräusche, Gerüche. Ein Sommertag mit zirpenden Grillen. Seine Mutter, wie sie barfuß durch das Gras lief, ein Lied auf den Lippen, dass keine Sprache kannte. Ihr

Lachen, weich wie Samt. Der Duft von Apfelkuchen, warm und süß, vermischt mit dem Rauch eines alten Ofens.

Er erinnerte sich an den Klang der Stimme seines Vaters, wenn dieser Geschichten vorlas – tief, ruhig, mit dieser besonderen Ernsthaftigkeit, als wäre jede Erzählung ein Versprechen. Sie saßen oft nebeneinander auf dem Wohnzimmerteppich, das Licht gedimmt, der Wind streichelte durch die Fensterläden. In diesen Momenten war die Welt klein und vollkommen. Der Junge mit den großen Augen, der glaubte, dass Magie real sei, weil sein Vater sie ihm so erzählte.

Das Haus seiner Kindheit war mehr als ein Zuhause. Es war ein Ort des Flüsterns, der Zeichen, der kleinen Geheimnisse. Überall fanden sich Spuren von Dingen, die andere übersehen hätten. Getrocknete Lavendelsträuße an den Türrahmen, Kreidekreise unter dem Teppich, Bücher mit Einbänden aus Leder, in denen keine Seite bedruckt, sondern geschrieben war – in einer krakeligen, fremden Schrift.

Seine Mutter sprach manchmal mit Dingen, die man nicht sehen konnte. Mit dem Wind. Mit Steinen. Mit dem Wasser im Glas. Und sein

Vater? Der lehrte ihn, zu horchen. "Alles hat eine Stimme, wenn du still genug bist", hatte er gesagt, während sie ihre Hände auf einen warmen Stein legten und lauschten, als wäre dort ein Herz verborgen. Kian hatte nicht verstanden, was sie taten – aber er hatte gespürt, dass es wichtig war. Dass es eine Bedeutung hatte, auch wenn sie sich ihm noch nicht erschloss. Heute fragte er sich, ob der Stein tatsächlich geantwortet hatte.

Am deutlichsten blieb ihm der Dachboden im Gedächtnis. Schon das Knarren der Stufen, die steil und unregelmäßig in die Dunkelheit führten, war ihm in Erinnerung geblieben – ein Klang, der sich in die Stille des Hauses schnitt wie das Rascheln vergessener Seiten. Es roch nach trockenem Holz, Staub und etwas anderem, undefinierbarem – einem Geruch, den man nur mit Kindheit verbinden konnte. Vielleicht war es die Mischung aus alten Kisten, vergilbten Papieren und der Ahnung von etwas Verbotenem.

Das Licht dort oben war eigenwillig – nicht warm, nicht kalt, sondern gedämpft, als würde es durch alte Erinnerungen selbst gefiltert. Sonnenstrahlen fielen durch kleine, schmale

Schlitze zwischen den Dachlatten und warfen dünne Linien in den Staub der Luft. In diesen Linien tanzten Partikel, die wie winzige Gespenster wirkten, schwerelos, zeitlos.

Der Boden knarzte bei jedem Schritt, und Kian wusste, dass er nicht rennen durfte – nicht, weil jemand es ihm verboten hatte, sondern weil der Ort es selbst nicht erlaubte. Der Dachboden verlangte Respekt. Zwischen all den Kisten und gestapelten Decken, zwischen vergessenen Möbelstücken und eingerollten Teppichen stand sie: die Truhe.

Sie war aus dunklem, fast schwarzem Holz, mit Metallbeschlägen, die im Licht matt glänzten. Der Eisenriegel war schwer, alt, und wirkte mehr wie ein Siegel als ein Schloss. Kian hatte sie oft heimlich betrachtet, mit kindlicher Neugier und einem Gefühl, das an Ehrfurcht grenzte. Er wusste, dass sie wichtig war – nicht durch Worte, sondern durch das Schweigen seiner Eltern, wenn er sie danach fragte.

An jenem Tag war er seiner Mutter gefolgt. Ohne dass sie ihn gerufen hatte, ohne dass ein Wort gefallen wäre. Sie war vor ihm hergegangen, die knarrenden Stufen hinauf, barfuß, mit langsamen, lautlosen Schritten. Oben hatte sie sich kurz umgedreht, ihn mit einem Ausdruck angesehen, der mehr sagte als alles, was hätte gesprochen werden können – ernst, ruhig, und voller unausgesprochener Geschichte.

Dann hatte sie sich vor die Truhe gekniet, die Finger über das kalte Metall gleiten lassen, als würde sie es begrüßen. Und schließlich – ohne ein Wort – hatte sie sich geöffnet.

n der Truhe lagen Dinge, die keinen Namen hatten – oder deren Namen längst vergessen waren. Kian beugte sich vorsichtig vor, wagte kaum zu atmen, während seine Augen die Gegenstände in sich aufnahmen.

Ganz oben lag eine Kugel, etwa so groß wie eine Mandarine, aus einem metallischen Material, das in keinem Licht wirklich zu glänzen schien, aber dennoch eine eigene Art von Präsenz ausstrahlte. Als er später einmal die Finger daranlegte, stellte er fest, dass sie nie kalt wurde – als speichere sie Wärme, die niemand gegeben hatte. Sie vibrierte kaum spürbar, wie ein eingeschlossener Atem.

Daneben ein Spiegel – oval, mit einem kunstvoll verzierten Rahmen aus silbernen Ranken, die sich ineinander verschlungen. Doch das

Merkwürdigste war die Fläche: kein Spiegelbild, keine Reflexion. Nur ein tiefes Schwarz, das lebendig wirkte, als würde es sich in winzigen Wellen bewegen. Kian hatte sich darin verloren gefühlt, ohne hineinzusehen.

Ein gefaltetes Tuch aus einem Stoff, den er nicht kannte – hauchdünn und doch fest, mit einem Schimmer, der nicht von dieser Welt zu sein schien. Als seine Mutter es in die Sonne hielt, hatte es begonnen zu leuchten. Nicht hell, nicht grell – sondern wie Wasser, das Licht in sich aufnimmt, es umwandelt, verlangsamt, geheimnisvoll macht.

Und ein Kamm. Elfenbeinfarben, fast durchsichtig, aus einem Material, das wie Knochen wirkte. Auf jedem Zinken war eine kleine Rune eingeritzt, fein wie eine Nadelzeichnung. Der Kamm wirkte still, als wüsste er, dass er nur zu besonderen Zeiten benutzt werden durfte.

Darunter jedoch, fast verborgen unter einem Tuch, das sich kühl und schwer anfühlte, lag ein kleiner Gegenstand, den Kian im ersten Moment kaum bemerkte. Es war eine Münze – unscheinbar, alt, die Kanten abgerieben, das

Relief fast völlig verblasst. Er griff vorsichtig danach, drehte sie zwischen den Fingern. In dem Moment, in dem seine Haut das Metall berührte, flackerte für den Bruchteil einer Sekunde ein schwaches Leuchten über ihre Oberfläche – so flüchtig, dass er erst dachte, es sich eingebildet zu haben.

Doch seine Mutter hatte es gesehen. Ihre Augen verengten sich leicht, nicht vor Argwohn, sondern vor etwas, das Kian damals nicht deuten konnte – Erkenntnis vielleicht, oder Sorge. Sie legte ihm die Hand auf die Schulter, wie um sicherzugehen, dass er geerdet blieb, und sah ihn lange an.

"Du bist besonders, Kian", hatte sie dann gesagt, leise, aber mit einer Stimme, die keinen Zweifel kannte. "Aber das bedeutet nicht, dass du allein bist."

Es war, als hätte die Truhe ihr diese Worte abverlangt – oder als hätte das, was in ihr lag, ihn erkannt. Kian verstand es nicht. Die Wörter fühlten sich groß an, zu groß für seine kleinen Schultern. Aber in ihrer Stimme lag etwas, das tiefer ging als Bedeutung – eine Ahnung, eine

Gewissheit. Er spürte, dass in diesem Moment etwas beschlossen wurde.

Dann kam die Nacht, in der alles zerbrach.

Der ganze Tag war schon seltsam gewesen. Die Luft hatte gedrückt, als hätte sie sich auf die Dächer gelegt, und die Schatten schienen sich schneller zu bewegen als sonst. Seine Mutter hatte kaum gesprochen, sein Vater war in einem Raum gewesen, in dem Kian ihn nicht finden durfte. Das Abendessen war wortlos verlaufen. Kein Lächeln. Kein Lied. Nur das Klirren des Bestecks und das Rascheln der Blätter draußen im Wind.

Später, in der Dunkelheit, hatte der Wind an den Fenstern gezerrt, und die alten Wände des Hauses knarzten, als würden sie atmen. Das Licht flackerte, mehrmals. Kein Stromausfall – nur ein Zittern, wie eine Warnung. Kian saß auf dem Boden der Küche, ein altes Holzpferd in der Hand, als etwas ihn durchfuhr – ein Gefühl, das nicht benannt werden konnte. Instinkt. Angst.

Er kroch unter den Tisch, die Knie dicht an die Brust gezogen, und lauschte. Da waren Geräusche, die nicht zum Haus gehörten.

Schritte, schwer und langsam, irgendwo jenseits der Wände. Stimmen, fremd und doch nicht ganz laut. Wie ein Wispern durch Wasser.

Plötzlich ein Krachen – kein normales Geräusch, sondern eines, das tief durch den Boden ging, als würde sich das Haus selbst erschüttern. Die Fenster klirrten, Licht barst in kurzen, zuckenden Blitzen über die Decke. Kian hielt sich die Ohren zu, vergrub das Gesicht in den Armen.

Dann eine Bewegung – schnell, leise, vertraut. Seine Mutter. Sie roch nach Lavendel und Rauch. Ihre Arme umschlossen ihn fest, ihr Atem war schnell. "Schau nicht hin, Kian", flüsterte sie, und ihre Stimme war nicht nur eindringlich, sie war flehend. "Was auch passiert – du musst leben."

Er wollte etwas sagen, aber dann kam das Licht. Kein Licht, wie man es kennt – es war zu hell, zu still. Es schnitt durch den Raum wie ein Spalt, wie ein Riss in der Realität. Kian sah nicht direkt hinein, aber er spürte es auf der Haut, in den Knochen, in der Stille, die folgte. Es war, als hätte die Welt für einen Moment den Atem angehalten.

Und dann waren sie fort.

Nur Stille blieb zurück. Kein Wind. Kein Atem. Kein Laut. Nur das Echo von etwas, das größer war als das Haus. Größer als das, was man mit Kinderaugen begreifen konnte.

Und dann wurde es schwarz. Keine abrupte, erschreckende Schwärze – sondern eine, die sich wie ein Vorhang senkte. Lautlos, fast zärtlich. Kians Bewusstsein glitt fort, nicht wie bei Schlaf, sondern wie bei einem Übergang, der nicht benannt werden konnte. Als würde ihn etwas auffangen, bevor er fiel.

Er spürte nicht, wie er zu Boden glitt. Spürte nicht, wie die Welt sich weiterdrehte. Für ihn war alles in einem Schwebezustand, zeitlos, ortlos. Eine endlose Sekunde zwischen dem Damals und dem Danach.

Als er wieder zu sich kam, war alles weiß. Decken. Wände. Stimmen in neutralem Tonfall. Hände, die ihn untersuchten. Er sollte erzählen, was passiert war. Aber da war nichts. Nur Bruchstücke. Und Angst. Und dieses eine Bild: eine Frau mit Haut wie Asche, Augen wie glühender Stein. Die gleiche, die Jahre später wieder auftauchte, nur dann ohne das Glühen in den Augen.

Sie nannten es ein Feuer. Ein Unfall. Ein tragischer Vorfall. Er habe Glück gehabt, sagten sie, immer wieder, mit ernsten Stimmen und leeren Blicken. Die Behörden, die Ärzte, die Pfleger – alle sprachen von Rauch, von Flammen, von einem plötzlichen Kurzschluss in der Elektrik. Niemand sprach von Lichtspalten in der Dunkelheit. Niemand stellte Fragen zu dem, was davor gewesen war.

Kian saß tagelang in einem sterilen Raum mit weißen Wänden und bleichen Stimmen. Fremde Menschen beugten sich über ihn, stellten dieselben Fragen immer und immer wieder: „Was hast du gesehen?“ – „War jemand bei dir?“ – „Hast du etwas gehört?“ Aber er hatte keine Antworten. Nicht in Worten. Nur Fragmente: das Zittern der Luft, die Stimme seiner Mutter, das Licht, das kein Licht war.

Einmal hatte er versucht zu erzählen, dass es kein Feuer gewesen war. Dass da etwas gewesen war, das durch das Haus gegangen war wie ein Schatten aus einer anderen Welt. Doch man hatte ihn nur angelächelt. Traurig. Mitleidig. Ein Psychologe hatte ihm Bilder gezeigt, bunte Karten, wollte wissen, was Kian darin sah. Doch Kian sah nur Linien, Muster, Bewegungen im

Schwarz. Dinge, die sich in normalen Schatten nicht bewegten.

Am dritten Tag gaben sie ihm Kleidung. Am fünften kam jemand, um ihn „abzuholen“. Ein neuer Ort. Ein neues Zimmer. Neue Gesichter. Doch in ihm war etwas geblieben, etwas, das sich nicht abwischen ließ. Kein Zweifel – sondern Gewissheit. Seine Eltern waren nicht einfach verschwunden. Sie waren geholt worden.

Von etwas, das kein Feuer war. Kein Zufall. Kein Tod, wie man ihn verstand.

Etwas hatte sie gefunden. Und es hatte einen Teil von ihm zurückgelassen.

Er legte das Foto behutsam auf seinen Schreibtisch. Die Scheibe zitterte unter dem Druck des Regens. Die Stadt darunter wirkte wie aus einer anderen Welt, verschwommen, weit entfernt. Und irgendwo in ihm bewegte sich etwas. Keine Erinnerung. Kein Gedanke. Etwas Tieferes.

Ein Flüstern. Ein Ruf. Wie ein Echo aus einer Zeit, die nie aufgehört hatte.

Und Kian wusste: Das hier war nicht das Ende der Vergangenheit. Es war ihr Anfang.

Er lehnte sich zurück, die Fingerspitzen noch immer leicht feucht vom Foto. Die Welt draußen wirkte unwirklich, wie durch Wasser betrachtet. Und in ihm wuchs etwas – nicht wie eine Erkenntnis, sondern wie ein langsames Erwachen. Ein inneres Ziehen. Wie ein Kompass, der sich plötzlich zu drehen beginnt, weil etwas in der Ferne seine Richtung ruft.

Er stand auf, streifte sich den Pullover über, der über der Stuhllehne hing, und verließ sein Zimmer. Die Wohnung war still. Seine Pflegeeltern schliefen noch oder taten zumindest so. Im Flur roch es nach abgestandener Luft und billigem Parfüm. Kian ging leise, beinahe schleichend, bis er vor der Wohnungstür stand. Einen Moment lang zögerte er. Dann öffnete er sie und trat hinaus in den Morgen.

Der Regen war feiner geworden, kaum mehr als ein Nieseln, der wie Erinnerung auf die Haut fiel. Die Stadt roch nach nassem Beton, nach Rost und Warten. Kian sog die kühle Luft tief ein. Irgendetwas war anders heute. Als würde die Welt kurz innehalten, bevor sie sich neu zusammensetzt.

Seine Schritte führten ihn durch die grauen Straßen, ohne Ziel. An geschlossenen Geschäften vorbei, an verregneten Bushaltestellen, an Menschen mit gesenktem Blick. Und doch fühlte er sich nicht verloren. Eher – erwartet.

Als er an einer Kreuzung stehen blieb, blickte er nach oben. Die Silhouette seines Rückzugsortes zeichnete sich bereits am Himmel ab – das verlassene Dach, zu dem er so oft geflüchtet war. Dorthin, wo er sich selbst begegnete, in der Stille, im Wind, im Abstand zu allem anderen.

Seine Schritte wurden sicherer. Er wusste nicht, warum er genau jetzt dorthin wollte. Aber der Impuls war da – klar, drängend, vertraut. Fast wie der Nachklang einer Stimme, die nicht gesprochen hatte, aber trotzdem in ihm widerhallte.

Einige Minuten später schob er die rostige Tür zur Feuertreppe auf. Sie quietschte wie immer, doch diesmal klang es wie eine Begrüßung. Stufe um Stufe stieg er hinauf, während der Wind lauter wurde, je näher er dem Dach kam. Die Stadt lag ihm bald wieder zu Füßen – grau, atmend, regennass.

Als er schließlich durch die Türe auf das Dach trat, war es, als würde etwas in ihm einrasten. Der Ort, die Luft, der Moment. Er ließ sich an der gewohnten Stelle nieder, zog die Kapuze tief ins Gesicht und schloss die Augen.

Unter ihm lag die Stadt, als hätte sie den Atem angehalten. Die Geräusche des Morgens – das Klacken von Schuhen, das Heulen ferner Motoren, das Rattern der Straßenbahn – waren noch nicht erwacht oder blieben ihm fern wie ein Echo aus einer anderen Welt. Das Grau des Himmels spannte sich über die Dächer wie ein schweres Tuch, durchzogen von dünnem Licht, das zögerlich zwischen den Wolken hindurchsickerte. Es war das Licht eines beginnenden Tages, doch es fühlte sich nicht neu an – eher vorsichtig, tastend, als müsste es die Welt erst wieder zusammensetzen.

Feine Nebelschwaden schlichen wie lautlose Schatten durch die Gassen, krochen über verlassene Hinterhöfe und umrundeten Mauerecken mit der Beharrlichkeit von etwas, das nicht gesehen, aber gespürt werden wollte. Der Nebel wirkte nicht zufällig, nicht wie Wetter – sondern wie eine Präsenz. Er lag auf den Ziegeln und Fenstersimsen, auf Briefkästen und parkenden Autos, und verhüllte alles in ein gedämpftes, fast traumähnliches Zwielicht. Die

Welt wirkte gedämpft, als hätte sie beschlossen, für einen Moment still zu sein.

Und diese Stille war keine Leere. Sie war durchtränkt von einer Erwartung, die schwerer wog als jedes Geräusch. Es war, als hielte die Welt kollektiv den Atem an – nicht aus Angst, sondern aus einer eigentümlichen Vorahnung. Nicht greifbar, aber allgegenwärtig. Wie der Moment, bevor ein Wort gesprochen wird, das alles verändert. Wie ein Blick, der auf etwas ruht, das sich noch nicht offenbart hat, und dennoch alles über einen weiß.

Diese Stille war kein Fehlen von Klang, sondern eine Spannung, die sich durch alles zog: durch den Nebel, der sich um die Dächer schmiegte, durch die Luft, die sich zu sammeln schien, durch die Zeit selbst, die kurz innehielt. Kian spürte sie in der Haut, im Nacken, in der Kehle. Ein Drängen, das nicht aus der Welt kam – sondern aus ihrem Hintergrund. Etwas wartete hier. Nicht draußen. Nicht jenseits des Horizonts. Sondern unter allem, was war – verborgen, doch gegenwärtig. Wie ein tiefes Flüstern unter dem Pflaster, ein verborgenes Herzschlagen der Stadt selbst.

Die Begegnung hallte in ihm nach – nicht wie eine Erinnerung, sondern wie ein Nachklang, der nicht verstummen wollte. Kein Traum. Kein Wahn. Nicht das Produkt eines übermüdeten Verstandes oder eines fiebrigen Traumbilds. Sie war da gewesen. Real. Gegenwärtig. Und unausweichlich.

Die Frau – oder das, was sich in ihrer Gestalt gezeigt hatte – war mehr als eine Fremde. Ihre Präsenz hatte nicht seinen Verstand berührt, sondern tiefer gelegen: eine Schicht in ihm, die bis dahin stillgeschwiegen hatte, uralt und unbeachtet. Ihre Stimme war nicht nur gehört worden, sie hatte in ihm nachgedröhnt wie der ferne Klang eines Gongs, der selbst dann noch in den Knochen vibrierte, wenn der Ton längst verklungen war.

Ihre Augen – grau, durchdringend, mit jenem glühenden Ernst, der keinen Raum für Zweifel ließ – hatten ihn nicht einfach angesehen. Sie hatten ihn erkannt. Durchschaut. Nicht die Hülle, die jeder sah. Nicht den Jugendlichen mit den Schatten unter den Augen und der Vergangenheit in einer Akte. Sondern etwas darunter. Etwas, das sich selbst nicht benennen konnte.

Und nun saß er hier. Am selben Ort. Mit derselben Kleidung. Denselben Schuhen. Dem gleichen Blick auf die Dächer. Und doch war alles anders. Als hätte ihr Blick etwas aufgebrochen, das nicht wieder geschlossen werden konnte. Etwas, das zu leben begann, kaum dass sie seinen Namen ausgesprochen hatte.

Er fühlte sich nicht fremd. Auch nicht neu. Eher – entblößt. Als hätte jemand einen Schleier weggezogen, den er selbst nie bemerkt hatte. Und was darunter lag, war nicht erschreckend. Es war... unvermeidlich.

Er spürte es. In seinen Händen, die leicht zitterten. In der Brust, wo etwas pochte, das kein Herzschlag war. In seinen Gedanken, die sich nicht mehr nur um Fragen drehten, sondern um Möglichkeiten.

Seine Fingerspitzen kribbelten, zunächst kaum spürbar, wie das erste Kitzeln einer eingeschlafenen Hand. Doch das Gefühl wurde stärker, wanderte langsam über die Innenflächen seiner Hände, zog sich entlang der Handgelenke in seine Unterarme, als würde eine fremde

Energie ihn von innen durchströmen – warm, pulsierend, fast lebendig.

Kian hob die Hände vors Gesicht, langsam, mit einer Mischung aus Ehrfurcht und Zweifel. Das Licht des frühen Morgens war gedämpft, doch es genügte, um zu sehen, dass seine Haut nicht mehr ganz dieselbe war. Oder bildete er sich das ein? Für einen Moment glaubte er, einen feinen Schimmer zu erkennen – golden, kaum wahrnehmbar, wie ein zarter Film, der sich über die Konturen seiner Finger legte. Es war kein grelles Licht. Es war das Auftauchen einer Präsenz. Wie das Licht der Sonne, das durch tiefes Wasser dringt. Warm. Gedämpft. Magisch.

Er drehte die Hände, betrachtete die Linien in den Handflächen, die plötzlich fremd wirkten, als würde in ihnen eine Geschichte geschrieben, die nicht seine war – oder vielleicht immer seine gewesen war, ohne dass er sie lesen konnte.

Unwillkürlich griff er in seine Jackentasche. Die Finger fanden den vertrauten, glatten Rand der alten Münze. Er holte sie hervor, ließ sie in seiner offenen Hand ruhen. Das Metall war kühl, doch nicht kalt. Und als er die Finger um sie schloss, schien das Kribbeln in seinen Händen für einen

Moment intensiver zu werden, dichter, fokussierter. Als wäre die Münze ein Katalysator. Oder ein Schlüssel.

Er öffnete die Hand wieder. Die Münze lag reglos darin. Doch genau in diesem Moment flackerte es erneut – ein kurzes, kaum sichtbares Aufleuchten zwischen seinen Fingern. Gold. Warm. Und tief aus ihm heraus. Kein Licht, das von außen kam. Sondern eines, das in ihm geboren wurde.

Kian hielt den Atem an. Etwas hatte sich geregt. Nicht in der Welt. In ihm. Etwas Altes. Etwas Mächtiges. Etwas, das nur darauf gewartet hatte, erkannt zu werden.

Er schloss die Augen. Und die Welt hielt inne. Kein Wind. Kein Laut. Nur dieses innere Rauschen, das sich wie ein uraltes Lied in ihm ausbreitete – leise, aber unaufhaltsam. Wie ein Versprechen oder besser: wie ein Erwachen.

Und in diesem einen Atemzug wusste Kian: Etwas war geöffnet worden. Nicht gewaltsam, sondern mit großer Sorgfalt, wie, wenn jemand einen verborgenen Raum betritt.

in Laut durchbrach das Schweigen – nicht laut, nicht scharf. Eher wie das leise Atmen einer Tür, die sich im Traumspalt öffnet. Kian schlug die Augen auf. Der Schimmer in seinen Händen war verschwunden, doch das Gefühl war geblieben – wie das Nachglühen eines Sterns, den man nicht mehr sehen, aber noch spüren kann.

Ein Instinkt, nicht mehr und nicht weniger, ließ ihn sich aufrichten. Die Münze lag noch in seiner Hand. Er schloss die Finger darum, hielt sie fest, als sei sie der letzte feste Punkt in einer Welt, die sich zu verschieben begann.

Mit einem letzten Blick über das erwachende Häusermeer stand er auf. Der Wind war still, als hielte auch er den Atem an. Die Stadt lag ihm zu Füßen, aber sie fühlte sich nicht mehr an wie ein Ort, sondern wie eine Schwelle.

Ohne genau zu wissen, warum, wusste Kian plötzlich, wohin seine Füße ihn tragen mussten. Nicht zurück in die Wohnung. Nicht in das Bett, das nie seines war. Sondern dorthin, wo alles begann. Zum Dachboden.

Ein Ziehen in der Brust, zart wie ein Faden aus Licht, lenkte seine Schritte, noch bevor er bewusst darüber nachdenken konnte. Kein Befehl, kein Gedanke. Nur eine Richtung. Und ein Gefühl von Dringlichkeit – wie ein Flüstern an der Grenze zum Ruf.

Er ging los. Leise, aber sehr entschlossen.

Der Tag war angebrochen. Aber Kian trat nicht in ihn hinein wie früher. Diesmal schien der Tag auf ihn zu warten.

Die Straßen unter seinen Füßen wirkten leerer als gewöhnlich, obwohl der Tag längst begonnen hatte. Die wenigen Menschen, die ihm begegneten, schienen ihn nicht wahrzunehmen – als würde er sich durch einen Spalt in der Wirklichkeit bewegen, einen Zwischenraum, der nur ihm gehörte. Sein Blick war nach innen gerichtet, seine Schritte zielgerichtet, obwohl kein klares Ziel in seinem Verstand lag. Aber sein Körper wusste, wohin.

Er bog in Seitenstraßen ein, ließ belebte Wege hinter sich, überquerte einen verlassenen Platz, auf dem nur der Wind spielte. Und dann stand er plötzlich davor: dem alten Haus. Eingefasst von Absperrbändern und rostigem Bauzaun, die wie letzte Versuche wirkten, etwas fernzuhalten, das längst entwichen war. Das Gebäude war verwittert, die Fassade grau und von der Zeit gezeichnet. Scheiben waren eingeschlagen, das

Dach an einer Seite eingefallen. Doch in Kian regte sich keine Angst. Nur ein sonderbares Ziehen in der Brust. Eine Erinnerung, die nicht bloß zurückblickte – sondern rief.

Er kannte jedes Detail. Die Risse im Putz, die verwitterte Klingel, das Eisen der alten Tür. Der Ort war verlassen. Und doch lebendig – aber nicht im herkömmlichen Sinne. Es war, als würde das Haus ihn spüren. Als hätte es gewartet.

Ohne zu zögern, schob Kian den Bauzaun zur Seite, der kaum Widerstand leistete. Seine Finger fanden den Griff der Eingangstür. Er erwartete, dass sie verschlossen war. Doch sie öffnete sich mit einem leisen Knarren, als hätte sie ihn erkannt.

Und Kian trat ein.

Der Flur war dunkel. Die wenigen Fenster, die nicht zersplittert waren, ließen ein fahles Licht herein, das mehr Schatten war als Helligkeit. Staub hing in der Luft wie Nebel, der sich nie verzogen hatte. Jeder Schritt auf dem alten Linoleumboden war ein leises Mahnen, ein Knarzen der Erinnerung. Der Geruch war unverkennbar: altes Holz, feuchte Wände, Zeit.

Und etwas anderes – ein Hauch von Lavendel, kaum spürbar, aber da. Als wäre ein Rest seiner Mutter noch im Raum, geblieben wie ein letzter Gedanke.

Die Gardine im Wohnzimmer hing schief, halb herabgerissen, flatterte leicht im Luftzug des zerbrochenen Fensters. Das Licht fiel durch sie hindurch, warf bewegte Muster auf den Boden – wie Schatten aus einer anderen Zeit. Der Tisch war noch da. Massiv, aus dunklem Holz, mit einer Ecke, die abgeschlagen war. Kian erinnerte sich, wie er dort saß, die Beine baumelnd, während sein Vater vorlas. Auf dem Boden: ein Teppich, verblasst, aber mit demselben Muster, das er aus Kindertagen kannte. Darauf lag ein umgestürzter Stuhl, als hätte ihn jemand hastig beiseitegestoßen.

Die Couch war unter einer Staubdecke verborgen, als hätte sie seit Jahren kein Mensch mehr berührt. Und doch war da eine Kuhle, eine leichte Senke im Polster, die nicht zur Unordnung passte. Als hätte kürzlich jemand dort gesessen. Kian näherte sich nicht – zu groß war die Ahnung, dass es mehr war als Einbildung.

Er ging weiter, durch den Flur, vorbei an der Küche, deren Tür halb offenstand. Er sah die leeren Schränke, offene Schubladen, ein Herd mit einer zerborstenen Glasplatte. Die Fliesen waren gesprungen. Und doch standen auf dem Sims über der Spüle noch zwei Tassen. Eine davon mit einem Haarriss – die seiner Mutter.

Kian wandte sich dem Kinderzimmer zu. Die Tür war angelehnt, als hätte sie jemand offengelassen – nicht für einen Menschen, sondern für eine Erinnerung. Als er sie öffnete, knarrte das Holz wie ein alter Atemzug, rau und vertraut. Der Raum wirkte kleiner, enger, als sei er mit der Zeit geschrumpft. Und doch war er durchdrungen von einer Präsenz, die sofort Besitz von Kian nahm.

Der Staub lag dick auf den Fenstersimsen, und das Licht fiel in schmalen Streifen durch die gebrochene Jalousie, tanzte in der Luft wie Asche. An der Wand klebten noch Reste eines phosphoreszierenden Sternenhimmels – halb abgelöst, ihre Leuchtkraft längst vergangen, aber sie schimmerten noch, als trügen sie ein Echo seiner Träume in sich.

Das Bettgestell stand schief an der Wand, rostig, mit einer losen Strebe, an der er sich früher einmal gestoßen hatte. Die Matratze fehlte. Stattdessen lag auf den Holzbrettern ein zerschlissener Stoffhund, ein Ohr halb abgerissen, der Blick aus gestickten Augen seltsam leer. Auf dem Boden, direkt davor, ein einzelner Hausschuh – klein, aus Stoff, mit einem verblassten Stern an der Seite, das Gummi an der Sohle leicht eingerissen. Kian ging in die Hocke, strich mit den Fingern vorsichtig darüber. Es war seiner. Keine Erinnerung, sondern ein Beweis.

In der Ecke des Zimmers stand ein Regal, leer bis auf ein einziges, verbeultes Blechauto mit abgeplatztem Lack. Daneben ein Stapel Bücher – zerfleddert, von Feuchtigkeit gewellt, doch auf dem obersten stand in krakeliger Kinderschrift: "Kian". Er hatte es selbst geschrieben. Vielleicht in einem Moment, als er geglaubt hatte, dieses Zimmer gehöre ihm für immer.

Und dann kam der Geruch. Alte Farbe. Holz. Etwas Süßliches, Vergorenes. Und darunter – so schwach, dass er es fast überhörte – der Geruch seiner Mutter. Lavendel. Wie eine Hand, die über die Stirn streicht, obwohl sie längst nicht mehr da ist.

Kian schloss die Augen. Für einen Moment stand die Zeit still. Und als er sie wieder öffnete, war er nicht mehr der Junge, der hier gespielt hatte. Aber er war auch nicht nur der, der gegangen war. Er war beides. Und etwas dazwischen.

Ein Zittern ging durch ihn, kein Frösteln – eher eine Bewegung tiefer Erinnerung. Er ging hinaus, ließ die Tür offen.

Dann blieb sein Blick an der Treppe hängen. Das Holz war grau und splitternd, an den Rändern ausgetreten, als hätten Jahrzehnte von Füßen es müde gemacht. Steil führte sie nach oben, zu jenem Ort, der mehr Erinnerung war als Raum. Eine der unteren Stufen – die dritte – hatte früher immer geknarzt, laut und trotzig. Sie war noch da. Und sie knarzte erneut, als Kian vorsichtig seinen Fuß daraufsetzte – derselbe Ton, dieselbe Stelle. Nur diesmal vibrierte etwas darin, als würde der Klang in ihn zurückschwingen.

Er hielt inne. Nicht aus Angst. Sondern weil alles in ihm zu lauschen schien. Auf etwas, das noch nicht gesprochen war. Dann setzte er den nächsten Schritt. Langsam. Bewusst. Und mit jeder Stufe wurde die Luft dichter, kälter. Staub lag in feinen Schichten auf dem Handlauf, dass er leicht streifte. Unter seinen Fingern knirschte das Holz, trocken und brüchig.

Oben war es dunkler, als er es in Erinnerung hatte. Nur ein schmaler Lichtstrahl fiel durch das kleine Dachfenster und zerschnitt die Finsternis wie eine gedachte Linie. Der Staub darin schwebte schwerelos, als hätte niemand gewagt, ihn zu stören. Jeder Schritt, den Kian tat, schien den Raum zu verändern – leiser zu machen, wacher. Das Echo seiner Schritte war kein normales Echo. Es war ein Ruf, der wiederkehrte.

Und Kian wusste: Der Dachboden wartete nicht einfach. Er erinnerte sich.

Kapitel 4: Die Karte der Rückkehr

Der Dachboden roch nach Staub und verblichenem Leben. Kian stand einen Moment lang nur da, die Hand noch auf der Türklinke, als müsse er den Raum erst um Erlaubnis bitten, bevor er ihn betreten durfte. Die Luft war schwer, beinahe dickflüssig, durchtränkt von alten Jahren und unausgesprochenen Erinnerungen. Jeder Atemzug schmeckte nach Holz, das zu lange geschwiegen hatte, nach Papier, das niemand mehr lesen wollte, und nach dem eigentümlichen Geruch von Dingen, die einmal wichtig gewesen waren – und es vielleicht noch immer waren.

Das Licht, das durch das kleine Dachfenster fiel, war schwach – ein schmaler Streifen, der eher an verblasstes Silber erinnerte als an Sonne. Es schnitt durch den Staub wie eine gedachte Linie, die mehr verbarg als enthüllte. In seinem Schein tanzten Staubkörner, lautlos, schwerelos, in einem Rhythmus, der nicht zur Zeit passte. Als wären sie Teil eines viel älteren Atems. Eines, den der Dachboden selbst seit Jahren anhielt.

Unter den Balken sammelte sich das Dunkel, nicht bedrohlich, aber voll. Voll von Geschichten, von Flüstern, von Kindheit. Der Boden war uneben, das Holz verblichen, von Schuhsohlen geglättet und von Jahren gezeichnet. Spinnweben spannten sich in den Ecken, wie von Geduld gewebte Netze, in denen keine Beute hing, sondern nur Vergessenes. Irgendwo knackte das Gebälk, ein leises Echo in der Stille, als würde das Haus selbst sich daran erinnern, dass es einst bewohnt gewesen war.

Kian ließ den Blick schweifen, tastete mit den Augen über vertraute Konturen: den alten Holzbock unter dem Fenster, den Umriss der Truhe in der hinteren Ecke, den verstaubten Teppich, der die Mitte des Raumes bedeckte wie ein verblasstes Siegel. Alles war noch da. Und doch schien nichts mehr so, wie es gewesen war.

Er trat ein.

Der Boden knarrte unter seinem Gewicht, nicht laut, aber eindringlich – wie eine Stimme, die sich nach Jahren wieder zu Wort meldete. Er ging langsam, bedacht, als könnte jede Bewegung etwas wecken, das besser ruhte. Die Truhe stand noch immer da, am Ende des Raumes, wo sie immer gestanden hatte. Dunkles Holz, schwer, mit Eisen beschlagen. Ein stilles Monument. Er hatte sie in seiner Erinnerung größer abgespeichert – doch nun wirkte sie kleiner, als sei auch sie in den Jahren geschrumpft.

Seine Hand glitt über das raue Holz. Kalt. Lebendig. Die Maserung fühlte sich vertraut an, wie ein altes Lied, dessen Melodie man nie ganz vergessen hat. Er hockte sich hin, fuhr mit den Fingern über den Riegel, der in der Dämmerung stumpf glänzte. Ein leises Knacken begleitete das Öffnen – kein lautes Klirren, sondern eher ein Aufatmen. Die Truhe gab nach.

Doch in dem Moment, als er sich vorbeugte, um hineinzusehen, geschah es: Eine der Dielen unter seinem rechten Bein gab plötzlich nach, splitterte unter seinem Gewicht. Mit einem kurzen, scharfen Laut krachte er ein Stück ein – und sein Schienbein rammte sich in den aufspringenden Holzbogen. Kian sog zischend die Luft ein. Schmerz schoss durch das Bein, heiß und hell.

Er zog das Bein zurück, sah das Blut. Ein langer, roter Riss zog sich über seine Haut, tief genug, um gefährlich zu sein. Er fluchte leise, setzte sich zurück, das Bein ausgestreckt, betrachtete die

Wunde. Doch kaum hatte er das getan, geschah etwas Unmögliches.

Vor seinen Augen begann sich die Haut zu verändern – zunächst kaum merklich, dann immer deutlicher. Das Blut, das eben noch in schmalen Rinnsalen über sein Schienbein gelaufen war, versiegte, als zöge sich ein unsichtbarer Schleier darüber. Die Ränder der Wunde begannen sich zu nähern, zögerlich zuerst, wie durch eine Kraft, die selbst noch überrascht war von ihrer Wirkung. Dann beschleunigte sich der Prozess.

Das Fleisch glättete sich, als würde es sich erinnern, wie es gewesen war, bevor der Schnitt es durchbrochen hatte. Die Haut zog sich zusammen, schloss sich, schimmerte kurz wie frisch gespanntes Pergament. Kian spürte, wie der Schmerz, der eben noch heiß durch sein Bein gebrannt hatte, sich plötzlich auflöste – nicht schlagartig, sondern in wellenartigen Rückzügen, als würde er zurückgenommen von einer Kraft, die ihn nie ganz freigegeben hatte. Was blieb, war ein warmes Pulsieren, wie von einer tiefen Berührung.

Nach wenigen Sekunden war nichts mehr zu sehen als ein blasser Streifen, kaum breiter als ein Kratzer. Die Stelle spannte leicht, als würde sie sich noch erinnern – aber der Schmerz war verschwunden. Kian starrte auf sein Bein. Reglos. Fassungslos. Sein Atem ging flach, als traute er sich nicht, die Stille zu stören.

Dann fiel es ihm plötzlich wieder ein:

Er war drei oder vier gewesen. Ein warmer Sommertag, das Gras hoch und weich, die Sonne wie ein goldener Schleier über dem Garten. Kian war barfuß gelaufen, mit den Armen in der Luft, als wollte er fliegen. Er war gestolpert – über einen Stein oder eine Wurzel, das wusste er nicht mehr. Aber das Gefühl, wie das Knie den Boden traf, war ihm geblieben: das Reißen der Haut, der erste Schreck, dann der Schmerz, brennend, echt.

Er hatte laut geweint. Nicht nur wegen des Schmerzes, sondern weil er klein war, verletzlich, und weil die Welt in diesem Moment nicht mehr so freundlich aussah wie zuvor. Die Tränen liefen ihm über die Wangen, mischten sich mit Schweiß und Grasflecken. Dann war seine Mutter gekommen. Sie war schnell gewesen – vielleicht hatte sie ihn durchs Fenster beobachtet, vielleicht hatte sie einfach gespürt, dass er sie brauchte.

Sie kniete sich zu ihm, streichelte sein Haar, redete leise auf ihn ein. Ihre Stimme war weich, wie ein Lied ohne Melodie. Sie betrachtete die Wunde mit einem Ausdruck, der sich tief in ihn eingebrannt hatte: Sorge, ja, aber darunter lag etwas anderes. Etwas wie ein Innehalten. Eine Ahnung.

"Bleib hier, ich hol ein Pflaster, mein Schatz", hatte sie gesagt und war ins Haus gelaufen. Kian saß im Gras, schniefte, sah das Blut an seinem Bein. Doch als sie zurückkam – keine Minute später – war die Wunde verschwunden.

Da war nichts mehr. Kein Blut. Kein Riss in der Haut. Nur glatte, blasse Oberfläche, als wäre nie etwas geschehen. Seine Mutter hielt inne. Ihre Stirn legte sich in Falten, ihre Augen verengten sich. Nicht erschrocken. Nicht besorgt. Eher wie jemand, der ein Rätsel erkennt, das ihm vertraut vorkommt. Sie sagte nichts.

Dann kniete sie sich wieder zu ihm, küsste sein Haar und klebte ihm das Pflaster trotzdem aufs Knie. Sanft, fast feierlich. Als wäre das Pflaster kein Schutz mehr, sondern ein Zeichen. Als ginge es nicht darum, etwas zu heilen – sondern darum, etwas zu bewahren, das nicht ausgesprochen werden durfte.

Er hatte sich damals rasch beruhigt. Aber das Bild – ihre Miene, ihr Schweigen, ihre sanfte Entschlossenheit – hatte sich fest in ihm verankert. Wie eine Notiz in einem Buch, dessen Inhalt man erst Jahre später verstehen sollte.

Kian schluckte. Unter seiner Haut spannte sich etwas an, als würde eine Saite wieder angeschlagen, die nie ganz verstummt war.

Er sah noch einmal auf sein Bein. Die Haut war heil. Kein Schmerz. Kein Blut. Nur die Erinnerung.

Langsam, beinahe ehrfürchtig, wandte er sich wieder der Truhe zu.

Sie war offen. Der Deckel lehnte leicht zurück, als habe er sich selbst entschieden, das Verborgene freizugeben. Kian griff hinein.

Obenauf lag ein Stück Stoff. Dunkel, schwer, mit einer Struktur wie gewebte Nacht. Er legte es zur Seite und entdeckte darunter vertraute Gegenstände: Der Spiegel ohne Spiegelbild. Die Kugel, die nie kalt war. Der Kamm mit den

Runen. Dinge, die wie Fragmente aus einem anderen Leben wirkten – wie Requisiten aus einem Märchen, das nur in der Familie seiner Eltern erzählt wurde.

Er durchsuchte die Truhe vorsichtig, mit einer Mischung aus Ehrfurcht und einem Hunger, der plötzlich in ihm brannte. Dann fand er etwas.

Eine Rolle, gebunden mit einem dünnen, ledernen Band. Pergamentartig, aber fester, wie getrocknete Rinde. Er löste die Schnur, entrollte das Papier. Und da war sie – fein gezeichnet, mit Symbolen und Linien, die wie lebendige Adern wirkten:

Eine Karte.

Nicht von dieser Welt.

Und doch von einem Ort, der einmal seiner gewesen war.

Vor ihm entrollte sich der Plan einer Stadt – nicht irgendeiner Stadt, sondern einer, die wie aus Traum und Erinnerung gewoben war. Der Grundriss war kunstvoll, fast lebendig. Die Linien zogen sich in geschwungenen Wegen durch dichte Quartiere, vorbei an Plätzen, die mit Zeichen versehen waren, die er nicht verstand –

aber fühlte. Gassen mäanderten durch ein Zentrum, das sich wie ein Herzstück inmitten von schimmernden Ringen ausbreitete. Türme, Brücken, Terrassen. Und überall kleine Zeichen, wie Runen, verborgen zwischen den Linien, eingraviert in das Pergament selbst.

Velmora stand in der Mitte. Nicht aufgesetzt, sondern eingewoben – als gehöre der Name zum Gewebe der Stadt selbst. Kein Leuchten, kein Schimmern – aber eine Präsenz, die vibrierte. Als würde das Pergament Kians Herzschlag beantworten.

Er fuhr mit den Fingerspitzen über das Zentrum der Karte, über einen Platz, der von mehreren Wegen gekreuzt wurde. Irgendetwas dort zog ihn an. Nicht als Ziel – sondern als Ursprung. Er erkannte keine Straße beim Namen, aber er wusste intuitiv, dass sie wichtig waren. Einige schienen sich zu bewegen, während er sie betrachtete – wie lebende Pfade, die sich neu ordneten, wenn man nicht hinsah.

Die Karte war alt. Aber nicht vergessen. Sie war nicht gefunden worden – sie hatte auf ihn gewartet.

Und Kian wusste – dies war keine Entdeckung. Es war eine Rückkehr.

In diesem Moment, als seine Fingerspitzen noch auf dem Zentrum der Stadt ruhten, veränderte sich etwas. Die Linien begannen zu rotieren – kaum sichtbar zuerst, dann deutlicher. Was eben noch fest und gezeichnet gewesen war, wirkte nun wie in Bewegung geraten. Die feinen Adern, die die Straßen Velmoras darstellten, pulsierten ein letztes Mal auf.

Dann hörte er sie – nicht mit den Ohren, sondern in seinem Inneren. Eine Stimme, kaum mehr als ein Hauch, so alt wie der Staub dieses Hauses und doch so vertraut wie sein eigener Name. Sie sprach nur ein einziges Wort:

„Bald."

Es war kein Befehl, keine Warnung. Es war eine Zusage.

Kian riss die Augen auf, doch da war es bereits zu spät. Die Karte begann, sich vor seinen Augen aufzulösen. Nicht zu verbrennen, nicht zu reißen – sondern zu vergehen. Die Linien verblassten, lösten sich vom Pergament wie Nebel bei Sonnenaufgang. Die Farben zerflossen lautlos. Und dann zerbröselte das Material selbst – feine, trockene Fasern stiegen auf, wie Asche, die keinen Ursprung mehr hatte.

Er griff danach, wollte sie festhalten, retten, irgendetwas bewahren – doch seine Hände glitten durch Staub. Innerhalb weniger Sekunden war nichts mehr übrig. Kein Zeichen, kein Name, kein Papier.

Nur die Erinnerung an ein Echo. Und das Wort, das in ihm nachhallte: „Bald"

Er blieb noch eine Weile sitzen, starrte auf den leeren Platz in der Truhe, wo eben noch die Karte gelegen hatte. In seinem Kopf rauschten Gedanken, doch keiner war laut genug, um ausgesprochen zu werden. Nur das Wort hallte weiter in ihm nach – bald. Es war, als hätte er einen Schritt gemacht, von dem es kein Zurück mehr gab.

Langsam richtete er sich auf. Seine Knie zitterten leicht, nicht vor Schwäche, sondern vor dem Nachklang dessen, was geschehen war. Der Dachboden schien sich verändert zu haben, obwohl alles noch an seinem Platz war. Und doch – die Luft wirkte lichter, als hätte das Licht einen Weg gefunden, den es vorher nicht kannte.

Kian ging zur Dachbodenluke zurück, öffnete sie mit beiden Händen. Die knarrenden Stufen wirkten auf einmal steiler als zuvor, als würde er nun nicht nur Raum, sondern Bedeutung verlassen. Unten angekommen schloss er die Luke hinter sich, zog sie sorgfältig zu, als müsse er ein Kapitel versiegeln, das nur ihm zugänglich war.

Er verließ das Haus seiner Kindheit leise, fast ehrfürchtig, als wolle er die Stille darin nicht stören. Draußen war es dämmrig geworden, ein fahles Grau lag über der Straße. Kian zog die Jacke enger um sich, trat durch das alte Gartentor und ging los – nicht gehetzt, nicht ziellos, sondern getragen von etwas, das sich in ihm verankert hatte.

Er fuhr mit der Bahn zurück. Die Welt draußen wirkte wie durch Milchglas – gedämpft, unwirklich. Niemand sprach ihn an, niemand bemerkte ihn. Als er die Wohnungstür seiner Pflegeeltern hinter sich schloss, roch es nach abgestandener Luft und dem immer gleichen Waschmittel. Die Uhr in der Küche tickte monoton, der Kühlschrank summte dumpf. Alles war wie immer. Und doch nichts mehr wie vorher.

Er trank ein Glas Wasser, ohne Durst zu haben, setzte sich kurz an den Küchentisch und starrte auf seine Hände. Da war nichts Auffälliges an ihnen. Keine Narben, keine Spuren. Und doch wusste er: Sie hatten eben etwas gehalten, das die Welt nicht mehr kannte.

Als er später durch den Flur ging, fiel sein Blick auf den Brief, den er vor Tagen aus dem Regal gezogen, aber nie geöffnet hatte. Ein unscheinbarer Umschlag, ohne Absender. Nur sein Name. Die Handschrift war krakelig, kaum lesbar. Er steckte ihn ein, ohne zu wissen warum – nur mit dem Gefühl, dass die Antwort nicht darin lag, sondern der Weg.

Die Nacht kam schneller als gedacht. In seinem Zimmer schob sich das Fenster auf, ohne dass er es ganz bewusst getan hätte. Der Wind streichelte die Vorhänge, brachte einen Hauch Lavendel mit sich. Erinnerungen. Oder Zeichen. Kian lag lange wach, die Augen offen, das Herz unruhig. Schlaf kam erst spät – und brachte keine Ruhe.

Am nächsten Morgen, noch bevor die Sonne ganz aufgegangen war, stand er auf. Er duschte, zog sich an, nahm den Rucksack aus dem

Schrank. Etwas drängte ihn, nicht laut, aber stetig. Kein Plan, kein Ziel – nur ein Gefühl.

Seine Schritte führten ihn durch das Viertel, das langsam erwachte. An müden Gesichtern vorbei, an Schulkindern mit zu großen Ranzen. Und irgendwann – ohne dass er es bewusst angestrebt hatte – stand er vor einem Schaufenster, das er noch nie zuvor wahrgenommen hatte.

Staub auf der Scheibe. Alte Bücher. Und ein Namensschild aus Messing, in das jemand mit ruhiger Hand vier Buchstaben graviert hatte:

AQUIS

Kian trat näher. Hinter der staubigen Scheibe lagen Schatten, Silhouetten von hohen Bücherregalen und etwas, das wie ein Globus oder ein alchemistisches Instrument wirkte. Der Laden war nicht groß, aber er strahlte eine eigentümliche Tiefe aus – als würde er innen größer sein als außen.

Aquis – so nannte sich das Geschäft. Ein Antiquariat, Buchhandlung, vielleicht auch einfach ein Sammelort für das, was in anderen Räumen keinen Platz fand. Kian war schon öfter daran vorbeigegangen. Und immer wieder war ihm der Mann aufgefallen, der es betrieb: ein älterer Herr mit feinen Zügen, stets in eine Weste gekleidet, mit einem ruhigen Blick, der alles zu durchdringen schien – aber niemals verurteilte.

Er war einer der wenigen Erwachsenen, bei dem Kian nie das Gefühl gehabt hatte, er müsse sich erklären. Nie dieses bohrende Misstrauen in den Augen, dass die meisten ihm entgegenbrachten. Im Gegenteil – der Mann hatte ihn gelegentlich gegrüßt, ein kurzes Nicken, manchmal ein Lächeln, und einmal hatte er ihm sogar die Tür aufgehalten, obwohl Kian nur zögernd vorbeigeschlichen war.

Er wusste nicht, warum er jetzt hier stand. Aber es fühlte sich richtig an.

Die Tür öffnete sich mit einem leisen Klingeln, das mehr nach einem Windspiel klang als nach einer Glocke. Ein warmer, würziger Geruch schlug ihm entgegen – eine Mischung aus altem Papier, getrockneten Kräutern, altem Leder, etwas Rauchigem und etwas Metallischem, das er nicht einordnen konnte. Die Luft war still, aber nicht abgestanden. Eher so, als würde sie zuhören, als wäre der Raum selbst aufmerksam.

Innen war es dunkler als erwartet. Regale bis unter die Decke, teils aus dunklem Holz, teils aus

Metall, standen dicht an dicht, manche so vollgestopft, dass sich Bücher waagerecht und senkrecht darin stapelten. Zwischen ihnen lagen Schädel kleiner Tiere, Gläser mit getrockneten Pflanzen, seltsam verschnörkelte Flaschen mit verblichenen Etiketten. Eine Leiter auf Rollen lehnte an einem der hohen Regale, daneben ein alter Sessel mit durchgesessener Polsterung und aufgeschlagener Lektüre.

In einer Nische standen Kristalle und verstaubte Lupen, ein Kartentisch mit Kompass und Kreidezeichnungen. Auf einem Beistelltisch tickte eine astronomische Uhr mit viel zu vielen Zeigern, während auf der Fensterbank eine Katze döste – oder vielleicht eine sehr gute Statue war. Über allem hing das gedämpfte Licht schwach glimmender, bernsteinfarbener Lampen, die an langen Ketten von der Decke baumelten und mit feinen Metallschirmen versehen waren.

Kein Radio, keine Musik. Nur das sanfte Ticken einer alten Standuhr irgendwo im hinteren Teil des Ladens, das wie ein stiller Taktgeber der Zeit wirkte, die hier offenbar anders verging als draußen.

Kian trat ein. Leise. Fast ehrfürchtig. Seine Finger strichen flüchtig über Buchrücken, deren Titel in Sprachen verfasst waren, die er nicht kannte. Manche Bücher wirkten so alt, dass sie kaum mehr berührt werden wollten. Andere schienen gerade erst angekommen zu sein.

Dann hörte er Schritte.

Aus einer Seitennische trat der Mann, den Kian bereits öfter gesehen hatte – oder zu kennen glaubte. Er war groß und hager, mit einer Präsenz, die den Raum nicht füllte, sondern bündelte. Sein Gang war ruhig, beinahe lautlos, wie der eines Menschen, der sein ganzes Leben zwischen Regalreihen verbracht hatte. Das silbergraue Haar fiel ihm in einer sanften Welle über die Stirn, akkurat geschnitten, aber nicht eitel. In seinem Gesicht lagen feine Falten, nicht von Müdigkeit, sondern von Zeit – von Beobachtung.

Die Augen waren das Auffälligste: graugrün, mit einem Schimmer, der schwer zu fassen war. Kein Glanz, kein Strahlen – aber ein Sehen, das tiefer ging als nur bis zur Oberfläche. Es war der Blick eines Menschen, der nichts übersah, aber auch nichts vorschnell bewertete.

Er trug eine anthrazitfarbene Weste mit schlichten Knöpfen, darunter ein weißes Hemd, dessen Ärmel bis über die Ellenbogen aufgerollt waren – als sei er eben erst einer vergilbten Handschrift entstiegen. Seine Hände waren groß, die Finger lang und von Tinte leicht verfärbt. Bewegungen machte er sparsam, aber mit einer Sorgfalt, die Kian sofort auffiel. Alles an ihm wirkte gesammelt – als bestünde er aus Absicht und Stille.

"Du bist also gekommen," sagte er, ohne jede Überraschung in der Stimme.

Kian nickte, unsicher. "Ich... wusste nicht genau, warum."

Der Mann trat einen Schritt näher, das Licht glitt über seine Schultern, warf warme Reflexe auf den feinen Stoff seiner Weste. "Meron", sagte er ruhig, mit einer Stimme, die klang wie das Umblättern einer alten Seite – nicht laut, aber voller Bedeutung. "So nennt man mich hier. Und vielleicht auch anderswo."

Er ließ eine kurze Pause, während er Kian musterte, ohne ihn zu durchdringen – eher so, als würde er warten, dass Kian sich selbst in seinem Blick erkannte. "Nicht alles, was man versteht, führt irgendwohin. Aber vieles, was dich ruft, hat längst begonnen. Manchmal ist es nicht wichtig, wohin man geht, sondern dass man überhaupt geht."

Kian öffnete den Mund, aber die Worte blieben stecken. Etwas an Merons Gegenwart war wie ein Schleier aus Konzentration und Ruhe, der jede vorschnelle Frage aufhielt.

Merons Blick war weder streng noch weich – aber klar, wie Wasser, das tief genug war, um nicht sofort den Grund zu zeigen. "Manchmal genügt es, den ersten Schritt zu machen. Die Fragen kommen von allein. Die Antworten... nur, wenn du bereit bist. Und selbst dann sind sie selten das, was du erwartet hast."

Kian schluckte. "Ich habe etwas gesehen. Etwas... das nicht sein dürfte."

"Du meinst die Karte," sagte Meron leise, beinahe beiläufig, doch seine Augen wurden einen Hauch wacher.

Kian erstarrte. "Woher...?"

Meron hob eine Hand – nicht zum Schweigen, sondern zur Ruhe. "Nicht heute. Es ist zu früh.

Und zu viel. Aber keine Sorge – du hast nichts verloren. Nur etwas geöffnet."

Er trat näher, griff nach einem kleinen, ledergebundenen Buch auf einem Beistelltisch, blätterte es auf, betrachtete eine Seite, ohne Kian aus den Augen zu lassen. "Du trägst etwas in dir, das mehr weiß als du. Es erinnert sich an Dinge, für die dir noch die Sprache fehlt. Hör darauf. Nicht auf mich."

Ein Moment verging, gefüllt mit nichts als dem Ticken der Standuhr.

"Dann... was soll ich tun?" flüsterte Kian.

"Zurückgehen," sagte Meron. "Beobachten. Spüren. Schlafen, wenn du kannst. Fragen, wenn du musst. Die Dinge werden dich finden – ob du willst oder nicht. Wenn du wiederkommen musst – wirst du es wissen."

Kian nickte, langsam, wie unter Wasser. Seine Gedanken formten kein klares Bild. Nur Wirbel. Und am Rand jedes Wirbels eine neue Frage.

Meron ging zur Tür, schob sie auf. Ein schwacher Luftzug bewegte das Windspiel über dem Eingang. "Bald, Kian," sagte er. Und diesmal klang es nicht wie ein Abschied, sondern wie ein Versprechen.

Er trat hinaus. Der Morgen war inzwischen in einen vollen Tag übergegangen, aber die Luft fühlte sich fremd an. Und in ihm hallte alles nach. Die Worte. Der Blick.

Und die Ahnung, dass dies erst der Anfang war.

Die Tür hatte sich leise hinter ihm geschlossen, doch der Klang blieb in seinem Inneren wie ein Nachhall – nicht als Geräusch, sondern als ein feiner, vibrierender Faden, der sich durch seine Gedanken spannte. Die Straße vor ihm war belebt, gefüllt mit Stimmen, Schritten, Motorengeräuschen. Es war Mittag, vielleicht schon später – aber die Welt wirkte, als hätte sie sich nicht entschieden, welche Zeit sie gerade sein wollte. Ein seltsames Licht lag über den Fassaden, zu hell für Nachmittag, zu blass für Morgen.

Menschen eilten an ihm vorbei, mit schnellen Schritten und nach vorne gezogenen Blicken, als liefen sie einem unsichtbaren Ziel hinterher. Niemand beachtete ihn. Niemand beachtete den Laden, aus dem er gerade gekommen war – als wäre er nicht Teil dieser Welt, als hätte AQUIS nie dort gestanden. Selbst der Türrahmen wirkte von außen unscheinbar, verschluckt vom Schatten eines Vordachs, das kaum Licht durchließ.

Ein Mann im Anzug telefonierte laut, trat fast gegen Kians Schulter, ohne ihn wahrzunehmen. Eine Frau zog ihr Kind an der Hand vorbei, das ihn kurz ansah – mit einem dieser ernsten Kinderblicke, die mehr ahnen als sie sagen – und dann weitergezogen wurde. Eine Gruppe Jugendlicher lachte schrill auf der anderen Straßenseite, ohne dass sich einer von ihnen umdrehte.

Der Alltag lief weiter. Mechanisch. Gleichgültig. Und Kian stand mittendrin – unbewegt, unbemerkt, wie ein Gedanke, den niemand zu Ende denken wollte.

Langsam setzte er sich in Bewegung. Die Füße führten ihn instinktiv in Richtung der U-Bahn, wie in einer vertrauten Choreografie, die keine Überlegung brauchte. *Ich gehe nach Hause*, dachte er. Nach Hause – ein großes Wort für einen Ort, der sich nie so angefühlt hatte. Die Wohnung seiner Pflegeeltern wartete dort, funktional, fremd, laut in der Stille.

Er sah es vor sich: der dunkle Flur mit der schiefen Fußmatte, das abgenutzte Sofa, das nach billigem Parfüm und abgestandener Luft roch, die tickende Uhr in der Küche, die ihn regelmäßig um den Schlaf brachte. Das schmale Zimmer mit dem zu kurzen Bett, dem wackligen Schreibtisch, dem Fenster, das sich nicht richtig schließen ließ. Und zwei Menschen, die ihn wie einen Gast behandelten, den man höflich, aber bestimmt auf Abstand hielt.

Sein Schritt verlangsamte sich.

In der Bauchtasche seines Kapuzenpullis lag die Münze. Schwerer als sonst. Oder war das nur Einbildung? Er schob die Hand hinein, spürte das kühle Metall, den vertrauten Rand unter den Fingerspitzen. Etwas regte sich. Kein klarer Gedanke. Kein lauter Ruf. Eher ein leiser Widerstand – nicht gegen den Weg an sich, sondern gegen das Gefühl, sich selbst zu verleugnen, wenn er ihn weiterging.

Er blieb stehen.

Die Stadt rauschte an ihm vorbei, gleichgültig. Aber in ihm war etwas erwacht – eine Stille, die nicht leer war, sondern voller Bedeutung. Und dann war das Bild wieder da: das Dach. Hoch über der Stadt, über allem Lärm, über dem Grau. Sein Ort. Sein Grenzraum zwischen den Welten.

Ohne noch einmal zurückzublicken, drehte er sich um. Seine Schritte wurden fester, zielgerichteter. Kein Zögern mehr. Die Route war vertraut – durch die Seitengasse mit den zugewucherten Mülltonnen, vorbei an der Mauer mit dem blätternden Graffiti, hin zu der rostigen Feuertreppe, die sich wie ein Rückgrat an das verlassene Gebäude schmiegte.

Mit jedem Schritt ließ er das Geräusch der Stadt ein Stück weiter hinter sich. Die Stufen unter seinen Füßen knarrten, der Wind wurde kühler, griff nach seinen Haaren. Als er die letzte Stufe erreichte, hielt er einen Moment inne. Die Hand auf dem Türgriff. Der rostige Widerstand war vertraut. Er drückte die Tür auf.

Sie quietschte nicht. Nicht dieses Mal.

Das Dach empfing ihn wie ein Ort, der sich erinnert.

Die Stadt lag unter ihm wie ein offenes Buch, aufgeschlagen, aber unleserlich. Grau, flimmernd, voller Geräusche, die zu weit weg waren, um sie einordnen zu können. Er ließ sich an der gewohnten Stelle nieder, die Beine über dem Abgrund, die Hände auf dem kalten Beton.

Die erste Erinnerung kam ohne Ankündigung.

Vielleicht war es der Wind, der sich verändert hatte – kühler, aber nicht feindlich. Vielleicht das Licht, das sich über die Dächer legte wie ein Schleier aus verblichenem Gold. Oder einfach die Tatsache, dass er hier war – an dem Ort, den er immer aufgesucht hatte, wenn alles andere zu laut geworden war. Das Dach war nie Zuflucht gewesen. Es war Spiegel. Schwelle. Und manchmal: Tür.

Er schloss die Augen. Ließ die Geräusche der Stadt in den Hintergrund sinken. Atmete tief durch, als wolle er die Gegenwart kurz anhalten. Und dann, wie durch einen Spalt im Inneren, fluteten sie heran – Bilder, Stimmen, Farben. Bruchstücke einer Kindheit, die ihm nie vollständig gehört hatte, aber dennoch Spuren in ihm hinterlassen hatte.

Keine Chronologie. Keine Ordnung. Nur Eindrücke. Und jeder davon ein Stück Wahrheit.

Er sah sich selbst am Boden sitzen, klein, mit verschmierten Fingern, ein zerknittertes Blatt vor sich. Darauf: Linien, Spiralen, eigenartige Muster. Runen, Figuren, die niemand ihm beigebracht hatte. Er hatte sie einfach gemalt. Immer wieder. In Variationen, die ihm später selbst fremd vorkamen. Seine Mutter stand neben ihm, die Brauen leicht zusammengezogen, aber nicht verärgert – eher nachdenklich. 'Woher kennst du diese Zeichen?', hatte sie gefragt. Ihre Stimme war weich, aber gespannt. Und er? Hatte nur die Schultern gezuckt. 'Ich weiß es nicht. Die waren einfach da.'

Ein anderes Bild kam auf. Schnee. So viel Schnee, dass die Welt leiser wurde. Sein Vater kniete im Garten, formte die untere Kugel für einen Schneemann. Kian lachte, rannte mit roten Wangen durch das Weiß, ließ sich fallen, stand wieder auf. Für einen Nachmittag war alles einfach. Es gab kein Geheimnis, keinen Schleier, kein Anderssein. Nur Kälte, die in die Jacken kroch, warme Hände, die den Schneemann formten, und ein Lächeln, das nicht hinterfragt wurde.

Dann wurde das Licht dunkler.

Er erinnerte sich an das Haus, in dem alles still wurde. Es war ein Nachmittag gewesen, vielleicht früher Abend. Die Schatten der Möbel hatten sich seltsam verzogen, als würde das Licht nicht mehr wissen, wo oben und unten war. Der Geruch nach Rauch war plötzlich dagewesen –

nicht stechend, nicht beißend, sondern alt. Staubig. Wie von Dingen, die zu lange geschwiegen hatten. Er hatte sich unter dem Küchentisch verkrochen, zitternd, ein altes Holzpferd in der Hand, dass in diesem Moment seine ganze Welt bedeutete.

Dann waren Schritte durch das Haus gegangen. Nicht laut, aber schwer. Nicht menschlich. Nicht wirklich. Er hatte sie nicht gesehen, aber gespürt – als würde der Boden mit atmen, die Wände den Atem anhalten. Licht war durch die Ritzen gefallen, zu hell, zu still, zu gleichmäßig. Kein Flackern, keine Bewegung – wie ein Riss in der Welt, durch den etwas hindurchblickte.

Und dann war seine Mutter da gewesen. Sie roch nach Lavendel und Ofenwärme, ihre Umarmung war eng, fast verzweifelt. 'Was auch passiert – du musst leben', hatte sie gesagt, während sie ihm über den Kopf strich, als wolle sie ein letztes Mal jedes Haar fühlen. Ihre Stimme war nicht laut, aber sie schnitt sich in ihn wie ein letzter Faden, der riss.

Dann – das Licht. Kein Feuer. Keine Flammen. Es war wie ein Laut ohne Ton, wie ein Atemzug aus einer anderen Wirklichkeit. Es kam nicht aus einer Quelle, es war einfach da – und es durchdrang alles. Die Wände, die Luft, ihn. Für einen Moment war alles still. Und in dieser Stille – war nichts mehr, wie es gewesen war.

Als er später gefunden wurde, konnte er nicht sagen, was geschehen war. Nur dass etwas gekommen war, das nicht aus dieser Welt stammte. Und dass es seine Eltern mitgenommen hatte.

Kian zuckte. Ein Windstoß fuhr über das Dach, fuhr ihm durch die Haare wie eine Erinnerung, die zu laut geworden war.

Er dachte an die Zeit danach. An die Schule, in der er plötzlich ein anderer war – nicht, weil er sich verändert hatte, sondern weil die Welt es tat. Die Blicke der Lehrer, verlegen, mitleidig oder misstrauisch. Die Mitschüler, die zuerst flüsterten, dann stichelten, schließlich lachten. Irgendwann hatte einer ihn geschubst, beiläufig, auf dem Flur. Kian war gefallen, hatte sich nicht gewehrt. Als er aufstand, war da dieser feine, dunkle Riss im Beton hinter ihm gewesen – kaum sichtbar, aber seltsam regelmäßig. Niemand konnte erklären, wie er entstanden war. Niemand stellte Fragen.

Er dachte an die Zeit danach. An die Schule, die dieselbe geblieben war, und doch völlig verändert wirkte. Nicht, weil sie sich neu erfunden hatte – sondern weil die Art, wie man ihn ansah, nicht mehr dieselbe war. Er war nun der Junge ohne Eltern. Der Junge aus dem Bericht. Der aus dem Haus mit dem Feuer. Obwohl es nie ein Feuer gegeben hatte.

Die Lehrer begegneten ihm mit verhaltenem Ernst, als fürchteten sie, in seinen Augen etwas zu sehen, das sie nicht benennen konnten. Ihre Stimmen waren zu weich oder zu sachlich, ihre Blicke mieden die seinen – oder klammerten sich an sie, wie an eine Aufgabe, die sie nicht erfüllen wollten. Manche murmelten seinen Namen bei der Anwesenheit so, als sei er brüchig.

Die Mitschüler waren schlimmer. Zuerst kamen die Blicke. Dann das Flüstern. 'Der hat doch das Haus abgefackelt.' – 'Der redet mit sich selbst.' – 'Hast du gesehen, wie er dich anschaut?' Anfangs lachten sie nicht. Anfangs war es nur Neugier. Doch mit der Zeit verwandelte sich Neugier in etwas anderes. In Abscheu. In Spott.

Eines Tages, auf dem Weg zum Klassenzimmer, hatte ihn jemand geschubst. Nicht mit Gewalt.

Mit dieser beiläufigen Grausamkeit, die niemandem zugeordnet werden konnte. Kian war gestolpert, gefallen, die Knie schrammten über den rauen Boden. Niemand reichte ihm die Hand. Niemand sagte etwas. Als er sich wieder aufrichtete, sah er ihn: einen feinen, tiefen Riss im Betonboden hinter sich. Gerade, fast geometrisch. Dunkel, als hätte jemand ihn mit einem Messer gezogen.

Später hatte ein Hausmeister darübergewischt. Mehr aus Pflichtgefühl als aus Interesse. 'Baufehler', hatte er gemurmelt. Doch die Stelle war neu. Kian wusste es. Und ein paar andere auch. Sie sagten nichts. Aber ihre Blicke änderten sich. Misstrauen legte sich wie ein Schleier über ihre Gesichter.

Niemand stellte Fragen. Niemand wollte Antworten hören.

Kurz danach musste er das erste Mal die Pflegeeltern wechseln, neue Schule, neue Nachbarn, aber ohne ersichtliche Verbesserung.

Ein anderes Mal war es Jonas gewesen – der Junge mit dem zu selbstsicheren Gang und dem ständigen Grinsen. Er hatte ihm ein Bein gestellt, auf dem Weg zur Aula. Kian war gestrauchelt, doch noch ehe er den Boden berührte, hatte Jonas plötzlich das Gleichgewicht verloren. Mit einem überraschten Laut war er gegen das große Aquarium im Foyer gestolpert, das daraufhin mit einem dumpfen Klirren zerbrach. Wasser, Steine, Plastikpflanzen und ein paar erschrockene Fische ergossen sich über den Fliesenboden. Kian hatte nichts gesagt. Und doch hatten ihn alle angesehen, als hätte er es gewesen sein.

Danach war es stiller geworden um ihn. Nicht aus Rücksicht. Aus Angst.

Jetzt, auf dem Dach, war es auch still – aber auf eine andere Weise. Nicht die Stille, die sich aus Rückzug ergibt, sondern eine, die zuhört. Kian öffnete die Augen. Die Stadt unter ihm hatte sich kaum verändert, aber sie wirkte fern, wie durch Glas betrachtet. Der Wind strich ihm über die Wangen, als wolle er prüfen, ob er noch da war.

Er spürte sein Herz, langsam, schwer. Nicht vor Schmerz. Sondern vor Dichte. Die Erinnerungen hingen noch in ihm wie Rauch, der sich nicht vertreiben ließ. Und doch – es war gut, dass sie gekommen waren. Sie gehörten zu ihm. Zu dem, was ihn ausmachte. Zu dem, was ihn hierhergebracht hatte.

Er sah nach vorne, über die Dächer hinweg. Und für einen Moment glaubte er, etwas zu sehen – einen Schatten vielleicht, eine Bewegung zwischen zwei Gebäuden, zu flüchtig für das Auge, aber nicht für das Gefühl. Etwas hatte sich verändert.

Er senkte den Blick, zog die Kapuze zurück und atmete langsam aus. Der Wind hatte sich gelegt, aber in seinem linken Auge begann es plötzlich zu kribbeln – ein leichtes, pulsierendes Ziehen, als würde unter der Oberfläche etwas wach. Er blinzelte, rieb sich die Augen, erst vorsichtig, dann fester. Doch das Kribbeln blieb. Nicht unangenehm, aber fremd. So, als ob in ihm etwas mit Nachdruck seine Aufmerksamkeit forderte.

Er zog die Hand zurück, starrte ins Leere. Dann griff er in die Bauchtasche seines Pullovers und zog die kleine, matte Metallscheibe hervor, die er früher achtlos für fliegende Haare benutzt hatte. Jetzt war sie mehr als ein Spiegel. Sie war ein Prüfstein.

Langsam hob er sie, hielt sie ins Licht, neigte sie leicht, bis er sein eigenes Gesicht erkannte.

Und dann sah er es.

In der Iris seines linken Auges – ein goldener Schimmer. Zart, fast wie eingewebt ins Blaugrün, kaum wahrnehmbar auf den ersten Blick. Doch er war da. Nicht flackernd, nicht unstet wie ein Lichtreflex, sondern konstant. Lebendig. Wie ein feiner Faden aus Licht, der sich spiralförmig in die Tiefe seines Blicks zog. Es war kein Spiegeltrick, kein Staub auf der Oberfläche. Es war, als würde sein Innerstes aufblicken – nicht feindlich, nicht fremd, aber mit einer eigenen, stillen Wachsamkeit.

Er hielt die Scheibe näher, drehte den Kopf leicht, beobachtete, ob sich das Leuchten veränderte. Doch es blieb. Es bewegte sich nicht – und doch wirkte es, als wäre es selbst Bewegung. Nicht die Art von Licht, das nur beleuchtet. Sondern das, was etwas in Gang setzt. Wie der Moment kurz vor einem Gedanken. Wie der Atem vor einem Wort.

Der goldene Schimmer formte sich zu einem hauchfeinen Ring, der die Iris umrahmte wie ein geheimes Zeichen, das nur für ihn bestimmt war. Kein Glühen, kein Flackern. Nur ein stilles Pulsieren, als würde etwas erwachen, das lange geschlafen hatte.

Kian blinzelte, senkte die Scheibe kurz, atmete ein. Seine Brust hob sich schwer, als hätte sich dort etwas gelöst, das lange festgesessen hatte. Als er wieder in den Spiegel sah, war der Schimmer noch da. Unverändert. Still. Und dennoch deutlicher als zuvor.

Ein Druck legte sich in seine Brust – nicht schmerzhaft, sondern voll. Wie eine Glocke, die beginnt zu schwingen, ohne dass jemand sie angeschlagen hat. Und mitten in dieser Regung, in diesem inneren Aufhorchen, wusste Kian, ohne sagen zu können, warum: Es war kein Zufall.

Es war kein Anfang.

Es war eine Rückkehr.

War das das Zeichen gewesen, von dem Meron gesprochen hatte? Dieses leise Aufblitzen, das sich nicht abschütteln ließ, das blieb wie ein Wort, das man zwar nicht verstand, aber doch fühlte? Kian starrte noch einmal in die Metallscheibe, ließ den Blick schweifen, als könne das Licht ihm mehr verraten. Doch es blieb still. In ihm. Um ihn.

Er schloss die Hand um den kleinen Spiegel, atmete langsam aus. Es war spät. Die

Dämmerung hatte längst begonnen, das Licht über der Stadt verlor seine Härte, wurde weich, grau, beinahe milchig. In seinem Inneren tobte ein Widerstreit – der Wunsch, zu verstehen, und das Bedürfnis, zu ruhen. Aber der Gedanke an das, was sich gerade offenbart hatte, ließ ihn nicht los.

Vielleicht war es nichts. Vielleicht war es alles. Er stand auf. Zögerte.

Dann, fast trotzig, zog er die Kapuze wieder über den Kopf, steckte die Metallscheibe ein und machte sich auf den Weg. Nicht hastig, aber mit jenem inneren Drängen, das keine Ruhe mehr zuließ. Etwas wartete. Und diesmal wollte er es nicht verpassen.

Dann, fast trotzig, zog er die Kapuze wieder über den Kopf, steckte die Metallscheibe ein und machte sich auf den Weg. Seine Schritte waren leise, aber entschlossen – als würde jeder davon eine Schwelle überschreiten, die er selbst nicht benennen konnte. Das Licht über der Stadt hatte sich verändert, war in jene Phase übergegangen, in der Schatten sich strecken und Geräusche gedämpft klingen, als würde die Welt flüstern.

Er wusste nicht genau, wohin ihn seine Beine trugen. Er ahnte aber, wohin sie ihn führten. Nicht zurück. Nicht heim. Sondern vorwärts – dorthin, wo das Unbekannte nicht mehr nur wartete, sondern rief. Mit jedem Schritt wurde das Kribbeln in seiner Brust spürbarer, wie ein Echo aus weiter Ferne, das immer stärker wurde, je näher er dem Laden von Meron kam.

Autos fuhren an ihm vorbei. Eine Laterne sprang an. Die Stadt ging ihrem Abend nach, gleichgültig. Doch in Kian pochte etwas, das mehr war als bloße Neugier. Es war ein Ruf ohne Stimme. Eine Richtung ohne Wegbeschreibung.

Und das unerschütterliche Gefühl: Jetzt beginnt es wirklich.

Die Nacht war hereingebrochen, ohne dass Kian es wirklich bemerkt hatte. Die Straßen wirkten leerer, gedämpfter, als hätte die Dunkelheit den Stadtlärm verschluckt. Der Regen hatte schon lange aufgehört, aber die Luft war immer noch feucht, durchzogen vom Geruch nasser Erde, heißem Asphalt und etwas anderem – etwas Metallischem, das wie ein Echo an seiner Zunge haftete.

AQUIS lag im Halbdunkel. Das Licht im Inneren war gedimmt, aber an. Kein Laut dran heraus. Nur der vertraute Messinggriff und das Windspiel über der Tür, das sanft im Nachtwind vibrierte. Kian zögerte nicht. Als er die Hand auf die Klinke legte, öffnete sich die Tür wie von selbst – kein Ruck, kein Widerstand. Als hätte jemand sie von innen geöffnet.

Meron stand bereits da.

Nicht hinter der Theke, nicht an einem Regal – sondern genau in der Mitte des Raumes. Aufrecht. Wach. Seine Hände auf dem Rücken verschränkt, das Gesicht halb im Schatten, halb im bernsteinfarbenen Licht der Deckenlampen.

Seine Augen wirkten dunkler als am Morgen, und doch lag darin etwas wie Anerkennung. Oder Erwartung.

"Du bist früh", sagte er. Kein Vorwurf. Kein Erstaunen. Nur Feststellung.

Kian trat ein. Der Raum fühlte sich wärmer an als zuvor, dichter. Als hätte er sich seit dem letzten Besuch verändert – oder vielleicht hatte Kian sich verändert. Er blieb einen Moment stehen, ließ den Blick schweifen. "Ich konnte nicht anders", sagte er leise. "Etwas... hat mich gezogen. Und ich glaube, es hat angefangen – ich habe mich im Spiegel gesehen. Meine Iris... sie hat sich verändert. Da ist ein goldener Ring. Nicht wie ein Reflex. Er war einfach da. Und er ist geblieben."

Meron nickte, als hätte er genau das erwartet. "Es beginnt, schneller als ich gedacht hätte. Und du hast es gespürt. Das ist mehr, als viele je erreichen."

Er drehte sich langsam um, sein Gang ruhig und doch von einer Entschlossenheit getragen, die Kian unwillkürlich dazu brachte, rasch aufzuschließen. Meron sagte kein Wort, als er durch die ersten Regalreihen schritt – doch jeder seiner Schritte schien von Bedeutung.

Kian folgte ihm tiefer in den Laden hinein, dorthin, wo die Regale nicht mehr wie Möblierung wirkten, sondern wie Wächter eines älteren Wissens. Und je weiter sie gingen, desto unmöglicher erschien ihm, dass all dies noch zum selben Gebäude gehörte, das sich draußen so schmal zwischen zwei Altbaufassaden drängte. Von außen wirkte AQUIS wie ein kleiner, leicht übersehener Antiquariatsladen – doch hier innen dehnte sich der Raum aus, folgte keiner nachvollziehbaren Geometrie mehr. Er bog sich, streckte sich, schien sich hinter jeder Ecke neu zu erfinden. Die Luft wurde schwerer, gesättigter, als würde sie selbst die Geschichten speichern, die zwischen den Buchrücken schlummerten. Die Reihen wirkten enger, verschlungener – als hätte sich der Raum verändert, seit er das letzte Mal hier war. Oder als würde er sich erst jetzt zeigen, wie er wirklich war.

Zwischen den Regalen hingen Stoffbahnen aus dunklem Leinen, die leicht im Luftzug schwangen. Sie unterbrachen das Licht, warfen bewegte Schatten auf den Boden, als würden Worte in der Luft flüstern. Der Geruch war intensiver als zuvor: getrockneter Thymian, brennender Salbei, eine Spur von altem Wachs. Und etwas anderes – metallisch, aber nicht unangenehm, wie der Geruch von nassem Stein in der Hitze eines Gewitters.

Über einem der Durchgänge spannte sich eine Girlande aus getrockneten Blättern und feinen Glasanhängern, die kaum sichtbar im Halbdunkel leuchteten. Jede Faser seines Körpers lauschte. Es war, als hätte der Raum begonnen, auf ihn zu reagieren.

Schließlich blieb Meron stehen – und erst in diesem Moment sah Kian sie: die Tür. Sie war nicht plötzlich aufgegangen, nicht aus dem Boden gewachsen – und doch war sie eben noch nicht da gewesen. Zwischen zwei Regalen, wo vorher nur Schatten und Bücher gewesen waren, stand sie nun in voller Gestalt. Als hätte sie nur darauf gewartet, dass jemand den Weg bis hierher fand.

Der Rahmen bestand aus dunklem Holz, durchzogen von Runen – nicht eingeritzt, sondern gewachsen, als hätte das Material selbst entschieden, seine Geheimnisse preiszugeben. Aus dem Spalt zwischen Tür und Boden drang kein Licht, keine Wärme – nur eine fast greifbare Tiefe. Ein stilles, dunkles Versprechen.

Meron legte eine Hand auf das Holz, als begrüße er einen alten Freund. "Dieser Ort hat mehr Ebenen, als die meisten sehen. Was du nun betrittst, ist kein Raum, sondern ein Zustand. Und er wird dich prüfen."

Kian runzelte die Stirn. "Ein Zustand? Was meinst du damit?"

Meron blickte ihn an, als hätte er genau mit dieser Frage gerechnet. "Kein Ort, den du betreten kannst, indem du einfach hindurchgehst. Sondern ein innerer Schwellenraum. Was du dort findest, hängt davon ab, was du mitbringst – und was du loslassen kannst."

Kian schluckte. "Und wenn ich scheitere?"

"Dann warst du noch nicht bereit. Aber keine Sorge – das bedeutet nicht, dass du verloren bist. Nur, dass du den nächsten Ruf hören musst, wenn er kommt."

Ein leiser Atemzug entwich Kians Lunge. "Warum drei Prüfungen?"

"Weil du drei Dinge brauchst, um weiterzugehen: Leere. Licht. Erinnerung. Und du wirst sie nicht im Kopf bestehen. Sondern hier." Meron legte zwei Finger gegen Kians Brustbein. "Du wirst sehen, was ich meine."

Kian sagte nichts. Er spürte das Kribbeln wieder – nicht in den Händen, sondern in der Brust. Wie ein zweiter Herzschlag. Meron öffnete die Tür.

Dahinter: Dunkelheit. Kein Raum. Kein Licht. Nur Schwärze.

"Drei Prüfungen", sagte Meron. "Nicht für deinen Körper. Nicht für deinen Verstand. Für das, was du glaubst, zu sein. Und das, was du werden musst."

Kian trat ein. Die Dunkelheit schloss sich lautlos um ihn.

Die erste Prüfung war... Leere.

Kian trat in die Dunkelheit wie in eine Haut, die nicht die seine war. Der Raum, falls man ihn überhaupt so nennen konnte, hatte keine Grenzen. Kein Licht, keine Wände, keine Geräusche. Nur das dumpfe Pochen seines eigenen Herzschlags. Der Boden unter seinen

Füßen war da – fest, glatt, kalt – aber bedeutungslos. Es gab keine Richtung, keine Orientierung. Kein Oben, kein Unten. Nur ihn. Und das, was in ihm wartete.

Er stand still. Atmete. Lauschte.

Zunächst kam – nichts.

Dann begannen die Gedanken. Zuerst leise, tastend. Dann dringlicher. Stärker. Sie stiegen in ihm auf wie Rauch aus einem brennenden Buch: Bilder, Stimmen, Erinnerungen. Dinge, die er glaubte, längst vergessen zu haben – oder gehofft hatte, nie wieder sehen zu müssen.

Das Heim. Die Kälte im Flur. Die Kinder, die flüsterten, wenn sie ihn sahen. Die Blicke seiner verschiedenen Pflegeeltern. Das Bild seiner Mutter in der letzten Sekunde – nicht real, aber stark. Die zerborstenen Fenster. Die sirenenklirrende Nacht.

Dann kamen die Stimmen.

Nicht fremd. Nicht dämonisch. Sondern seine eigene Stimme – gefiltert durch Angst, durch Selbstzweifel, durch Jahre von Schweigen. 'Du bist nichts.' – 'Du bist schuld.' – 'Du bist nur hier, weil andere dich nicht wollten.'

Er ballte die Fäuste. Spürte, wie seine Fingernägel sich in die Handflächen bohrten. Sein Atem ging schneller. Schweiß trat ihm auf die Stirn, obwohl keine Hitze ihn erreichte. Die Stimmen kreisten. Wiederholten sich. Wurden zu einem Chor aus Verachtung, aus Schmerz. Aus ihm selbst.

Er drehte sich. Rannte. Doch er kam nicht voran. Die Dunkelheit wich nicht, sie verschob sich nicht. Sie nahm ihn auf wie Wasser, das keine Bewegung erlaubt. Er fiel – und stand noch immer. Er kniete – und blieb doch stehen. Die Leere erlaubte keine Flucht. Kein Entrinnen. Kein Entkommen vor sich selbst.

Die Stille war kein Rückzugsort. Sie war ein Spiegel. Und sie zeigte nicht nur, was war – sondern was er war.

Da war Wut. Da war Scham. Da war der Wunsch, sich zu verstecken, zu zerfallen, sich aufzulösen in einem Raum, der keine Erinnerung mehr an ihn trug. Doch genau das konnte er nicht. Denn die Leere ließ nichts zurück, was er verdrängen konnte.

Er sank auf die Knie. Flach atmend. Die Dunkelheit presste sich gegen seine Brust, gegen seinen Verstand. Er hörte das Kreischen von Nägeln über eine Tafel – und erkannte darin sein eigenes Schluchzen. Die Verzweiflung griff nach ihm wie nach einem alten Freund.

Und dann – ganz plötzlich – ein anderes Bild.

Sanft. Klar. Ein Sonnenfleck auf dem Küchenboden. Seine Mutter, wie sie ein altes Lied summte, während sie Lavendel trocknete. Das Kratzen eines Stuhls auf Holz. Nackte Füße auf warmem Dielenboden. Ein Lächeln, das ihn nie verurteilte. Ein Blick, der sagte: Du bist. Und das reicht.

Die Dunkelheit flackerte. Für einen Hauch. Die Stimmen stolperten. Ihre Kanten verloren sich. Die Erinnerungen blieben – doch sie nahmen ihm nicht mehr den Atem. Sie waren da. Und das war in Ordnung.

Kian öffnete die Hände. Und ließ zu. Die Angst. Den Schmerz. Die Sehnsucht. Er versuchte nicht mehr, sie zu bezwingen. Nur, sie da sein zu lassen. Wie Gäste, die nie gehen – aber irgendwann nicht mehr fremd sind.

Und dann geschah es.

Ein Ton.

Nicht von außen. Nicht aus Raum oder Zeit. Sondern aus ihm selbst. Klar. Leise. Rein. Wie eine Saite, die lange gespannt war und nun zum ersten Mal erklingt.

Kein Urteil. Kein Jubel. Nur Wahrheit.

Und Kian wusste: Die Prüfung war bestanden.

Für einen Moment blieb alles still. Kein Übergang. Kein Hinweis. Nur sein Atem in der Dunkelheit – ruhig, gleichmäßig, fast andächtig. Dann veränderte sich etwas. Die Dunkelheit zog sich zurück, nicht flüchtend, sondern fast ehrfürchtig, wie Nebel, der vor dem Morgen weicht. Etwas hatte sich verschoben. Nicht äußerlich, sondern tief in seinem Innersten – wie ein Knoten, der sich gelöst hatte, ohne dass man wusste, wie fest er wirklich gewesen war.

Ein flüchtiges Ziehen durchlief seine Brust, kaum spürbar, und dann veränderte sich der Rau, die Dunkelheit verflog plötzlich und der Raum erstrahlte in einem so blendenden, grellen Licht, dass jede Bewegung weh tat.

Die zweite Prüfung war Licht.

Zunächst war es ein gleißender Schlag. Das Licht brach über Kian herein wie eine Flut – so hell, so unbarmherzig, dass er instinktiv die Hände vors Gesicht riss. Doch es brachte keine Wärme. Es war ein kaltes, durchdringendes Weiß, das sich nicht an seine Augen richtete, sondern tiefer ging – in ihn hinein. In Schichten, die er selbst kaum benennen konnte.

Er taumelte. Stand plötzlich nicht mehr auf festem Boden, sondern in einer Art Helligkeit ohne Raum. Eine Sphäre aus Licht, endlos, formlos. Und doch voller Bewegung.

Dann kamen die Bilder.

Nicht wie in der ersten Prüfung – keine Schatten, keine Stimmen. Sondern klare Szenen. Scharf. Gnadenlos. Er sah sich selbst, wie er fortlief, wo er hätte bleiben sollen. Wie er wegsah, wo jemand Hilfe gebraucht hätte. Kleine Dinge. Große Dinge. Keine Schuld im strafenden Sinne – aber Wahrheiten.

Da war ein Junge, der vor der Schule von anderen gehänselt wurde, und Kian hatte weggeblickt. Da war seine Pflegemutter, die in einem stillen Moment weinte – und er war einfach gegangen, weil ihm die Nähe zu viel war. Und dann: er selbst, allein auf dem Dach, in einer Nacht, in der er sich gewünscht hatte, dass niemand ihn mehr suchen würde – nicht einmal er selbst.

Das Licht war unnachgiebig. Es ließ nichts entkommen. Keine Ausflucht. Keine Lüge.

Er sank auf die Knie, nicht vor Schmerz – sondern unter der Last des Erkennens. Und dann geschah etwas Unerwartetes: Er spürte kein Urteil. Nur Spiegelung. Und aus dieser Spiegelung wuchs etwas, das er nicht erwartet hatte: Mitgefühl. Nicht für die anderen. Für sich selbst.

Für den Jungen, der allein war. Für den Jugendlichen, der sich nicht verstand. Für den Menschen, der nicht wusste, wie man bleibt, weil ihm nie gezeigt wurde, was es heißt, gehalten zu werden.

Das Licht wurde weicher. Wärmer. Es veränderte sich. Und in dieser veränderten Lichtqualität erkannte Kian: Es war nicht gekommen, um ihn zu bestrafen. Sondern um ihn zu sehen.

Er hob die Hände. Und das Licht sammelte sich in ihnen.

Er spürte, wie es in ihm vibrierte – erst sanft, dann kraftvoll. Seine Fingerspitzen begannen zu glimmen. Ein goldener Schimmer lief über seine Handflächen, dann zogen sich Linien über seine Arme, als hätte jemand uralte Runen aus Licht unter seine Haut geschrieben.

Er war nicht nur Teil des Lichts. Er war sein Ursprung.

Ein Impuls – kein Gedanke – durchzuckte ihn. Kian streckte die rechte Hand nach vorne. Und aus ihr schoss ein Stoß aus reiner Energie, grell, warm, lebendig. Nicht zerstörerisch. Rein. Er hallte durch die Lichtwelt wie ein Ruf.

Ein zweiter Schlag folgte – diesmal aus seiner linken Hand. Das Licht sammelte sich, ballte sich, schoss in einem weiten Bogen davon. Wie eine Antwort. Wie der erste Ton einer Sprache, die nie gesprochen, aber immer gefühlt wurde.

Kian stand wieder auf. In ihm: kein Zorn, kein Trotz. Nur ein Gefühl: Ich kann. Ich darf. Ich bin.

Er atmete ein. Das Licht ebbte ab.

Und als er wieder blinzelte, war da Wärme. Stille. Und Sicht.

Er konnte wieder sehen.

Die dritte Prüfung war Erinnerung.

Es begann nicht mit einem Geräusch. Nicht mit einem Licht. Sondern mit einem Geruch – nach altem Holz, nach Staub, nach jenem Lavendelton, der nie ganz aus seinen Erinnerungen verschwunden war. Kian blinzelte, hob den Kopf. Die Lichtwelt war verschwunden. Aber keine Dunkelheit folgte. Stattdessen formte sich die Umgebung um ihn herum neu – fließend, langsam, wie ein Gemälde, das sich aus Nebel selbst zu malen begann.

Er spürte wieder Boden unter den Füßen – aber keinen abstrakten, sondern Erde. Weich, feucht, lebendig. Gras wuchs darin, schimmerte in der warmen Luft eines beginnenden Abends. Die Geräusche der Stadt waren verstummt. Stattdessen: das Zirpen von Grillen. Das ferne Bellen eines Hundes. Ein Windhauch, der vertraut klang. Und dann erkannte er, wo er war.

Vor ihm stand ein Haus.

Nicht irgendeines. Sondern *das* Haus. Jenes, dass er längst verloren geglaubt hatte. Sein Kindheitshaus. Die Fensterläden aus hellem Holz, schief vom Wetter. Der Garten verwildert, aber voller Leben. Die Steintreppe, die zur

Haustür führte – abgetreten, mit Moos in den Ritzen. Die Türklinke aus mattem Messing.

Kian stockte der Atem. Alles war so echt. So gegenwärtig. Der Himmel über ihm trug das Licht eines späten Sommertages, jener Zwischenstunden, in denen Zeit sich dehnt. Er spürte, wie seine Knie weich wurden. Eine Stimme rief seinen Namen – sanft, melodisch, so vertraut, dass es wehtat. Und als er zur Tür sah, stand sie da.

Seine Mutter.

Nicht geisterhaft. Nicht entrückt. Sondern so lebendig, als sei sie nie fort gewesen. Ihr Haar glänzte in der Abendsonne, ein Lächeln spielte um ihre Lippen. Ihre Hand ruhte auf der geöffneten Tür. Kein Zwang. Kein Ziehen. Nur ein stilles Angebot.

Die Versuchung begann sofort an Kian zu zerren. Zu bleiben. Hier. Im Damals. Sie war süß wie warmer Apfelkuchen, wie das Flattern von Vorhängen in der Abendsonne, wie das Lächeln eines Menschen, der ihn ohne Worte verstand. Die Tür stand offen. Ihre Umrisse zitterten nicht. Kein Schatten, keine Bedrohung – nur ein Hauch von Frieden. Ein Angebot, das ihm alles geben wollte, was er verloren glaubte.

Seine Mutter streckte ihm die Hand entgegen. Ihre Augen sagten: Du darfst. Nur ein Schritt, und alles wäre wieder gut. Keine Prüfungen, keine Rätsel, keine Verantwortung. Nur Kindsein. Nur zurück.

Seine Beine wollten folgen. Doch sein Herz hielt ihn zurück. Denn irgendwo, hinter der Weichheit des Bildes, lag eine Frage, die nicht gestellt war – und eine Wahrheit, die nur dann Bestand hatte, wenn er sich umdrehte.

Er schluckte. Tränen brannten in seinen Augen. Nicht vor Schmerz. Vor Liebe.

Dann, zögernd, mit einem letzten Blick auf das, was nicht mehr war, wandte er sich ab. Ein Schritt. Zwei. Jeder wie durch Wasser, schwer und langsam. Doch er ging. Nicht weg. Sondern weiter. Schritt für Schritt, auch wenn es weh tat.

Als er die Augen wieder öffnete, stand er im Laden. Der Boden unter ihm fest. Die Luft nach Tinte und Staub. Und Meron – ruhig, wach, unverändert – stand vor ihm, die Hände wie zuvor auf dem Rücken verschränkt.

"Du hast mehr hinter dir gelassen, als viele je zu tragen wagten", sagte er leise. Keine Feier. Kein Lob. Nur Anerkennung. Tiefer als Worte.

Kian zitterte. Nicht vor Angst. Vor Aufbruch. Es war still geworden – aber nicht leer. Eher bereit.

Meron trat näher, legte ihm eine Hand auf die Schulter. Die Geste war schwer von Bedeutung und doch leicht wie Vertrauen.

"Du bist bereit. *Velmora* wartet."

Kian hob langsam den Blick. "Was war das?" fragte er leise. "Das Licht... aus meinen Händen. Diese Kraft. Ich habe sie gespürt. Ich habe sie gelenkt. Aber ich weiß nicht, wie."

Meron sah ihn ruhig an. "Es ist ein Teil von dir. Schon lange. Die Prüfungen haben es nur geweckt – nicht erschaffen. Und du hast sie nicht gelenkt, Kian. Du hast sie zugelassen. Das ist der Unterschied."

Kian nickte langsam. In ihm arbeitete es, aber zum ersten Mal nicht mit Angst – sondern mit einer stillen Kraft, die blieb.

Und in Kian wuchs – zum ersten Mal – keine Frage. Sondern ein Ja.

Er ließ den Blick einen Moment schweifen, als müsse er sich rückversichern, dass alles real war. Dann sah er Meron an. "Was soll ich jetzt tun?" fragte er. "Wohin gehe ich?"

Meron antwortete nicht sofort. Er trat ans Fenster, das hinter einem halbhohen Regal verborgen lag, und sah in die Nacht hinaus. "Du gehst nicht irgendwohin, Kian. Du gehst dorthin, wo du längst erwartet wirst. Hör auf das, was in dir klingt. Nicht laut, aber klar. Folge dem Teil in dir, der nicht mehr fragt. Sondern weiß."

Kian nickte. "Danke", sagte er – mehr ein Hauch als ein Wort. Und es war nicht nur ein Dank für die Antwort. Es war ein Dank für alles, was nicht gesagt werden musste.

Meron wandte sich ihm noch einmal zu. "Erinnere dich: Die Wahrheit ist selten bequem. Aber sie ist immer der einzige Weg, auf dem man wirklich gehen kann."

Dann trat Kian zur Tür.

Das Windspiel über dem Eingang bewegte sich, obwohl kein Luftzug ging. Die Klinke fühlte sich warm an.

Und ohne sich noch einmal umzusehen, verließ Kian AQUIS.

Kapitel 7 – Die Halle der Erwartung

Die Straßen waren leerer geworden, seit die Nacht ihren zweiten Atemzug genommen hatte. Kein Verkehr mehr. Kein Streiten hinter Fenstern. Nur das leise Tropfen von Regen, der längst vorbei war, und das elektrische Knacken alter Leuchtreklamen, die vergessen hatten, warum sie noch flackerten. Kians Schritte hallten auf dem Pflaster, gedämpft und doch bestimmt. Er wusste nicht genau, wo er war – oder vielmehr: wo er gerade hinwollte. Doch jeder seiner Schritte schien einem inneren Impuls zu folgen, einem kaum greifbaren Flüstern, das ihn leitete wie eine unsichtbare Hand.

Er war nicht mehr der Junge, der gezögert hatte. Er war still geworden – nicht aus Erschöpfung, sondern weil etwas sich gesetzt hatte. Nicht wie ein Ende, sondern wie ein neuer Anfang, der tief in ihm Wurzeln schlug. Was vorher zersplittert war, hatte eine Form gefunden. Fragil, ja – aber echt.

Die Karte – jenes vergilbte, lebendige Pergament, das sich ihm im Dachboden offenbart und ebenso rätselhaft wie endgültig zu Staub zerfallen war –

mochte verschwunden sein. Doch das, was sie in ihm berührt hatte, war geblieben. Eine Stimme, nicht gehört, sondern gespürt. Und etwas, das sich in ihm eingenistet hatte wie ein Nachklang: ein innerer Klang, dunkel und tief, wie das Echo eines Horns aus weiter, vergessener Zeit. Kein Gedanke, keine Richtung, keine Sprache – nur ein Drängen. Uraltes Wissen, das sich nicht erklären, nur erahnen ließ. Wie das Ziehen der Flut unter dem Boden der Welt – lautlos, aber unausweichlich.

Der Weg führte ihn tiefer in die Stadt hinein – aber nicht in das Herz der Lichter, sondern in das alte Viertel. Dort, wo die Gassen enger wurden, die Hausnummern fehlten und das Pflaster unter seinen Füßen plötzlich bröckeliger wirkte. Fensterläden waren vernagelt. Mauern von Graffiti überzogen, das älter war als die letzten zwei Jahrgänge an der Schule. Der Mond kroch durch die Wolken wie ein stiller Beobachter, und sein Licht reichte kaum, um die Umrisse der Gebäude zu trennen.

In einem Schaufenster, das halb blind und mit Zeitungen von innen zugeklebt war, blieb Kian kurz stehen. Die reflektierende Glasscheibe war zerkratzt, und doch spiegelte sie sein Gesicht undeutlich zurück. Erst wollte er weitergehen – doch dann hielt er inne.

Seine Augen.

Er beugte sich näher. Das linke Auge – dort, wo früher nur ein kaum sichtbarer Schimmer lag, pulsierte nun ein feiner, goldener Ring in klarem, lebendigem Licht. Nicht grell, aber wach. Wie eine Linie aus Licht, die aus seinem Innersten nach außen trat. Es war kein Reflex. Kein Staub auf der Scheibe. Es war da. Ein Leuchten – aus ihm.

Überrascht, vielleicht sogar erschrocken, trat er einen halben Schritt zurück. Sein Herz schlug schneller. Es formte sich kein Gedanke, aber eine Ahnung schob sich in sein Bewusstsein – dies war nicht mehr nur ein Zeichen. Es war eine Schwelle.

Und er hatte sie überschritten.

Kian bog ab. Die Gasse wurde schmaler, beinahe klaustrophobisch. Die Mauern zur linken und rechten Seite rückten näher zusammen, als wollten sie ihn prüfen, bevor sie ihn durchließen. Zerschlagene Flaschen funkelten wie stumpfe Edelsteine in den Pfützen, und eine tote Taube lag reglos neben einer ausgeblichenen Cola-Dose.

Der Asphalt war von Rissen durchzogen, zwischen denen Unkraut wuchs wie trotziges Leben.

Am Ende der Gasse – verborgen hinter einer teils eingestürzten Mauer – entdeckte er eine Öffnung. Kein Tor, keine Tür. Nur ein rostiges Gitter, das schief aus einem gemauerten Rund ragte. Efeu hatte sich darum geschlungen, als wollte er es vor fremden Blicken verbergen. Die alten Eisenstreben waren verbogen, der Lack abgeblättert, rostrot wie getrocknetes Blut. Es sah nicht aus, als hätte hier seit Jahren jemand einen Fuß gesetzt.

Kian trat näher. Eine eigenartige Wärme breitete sich in seiner Brust aus – nicht wie ein Feuer, sondern wie Erinnerung. Als hätte er dieses Gitter schon lange gekannt.

Er legte die Hand auf das kühle Metall und zögerte nicht. Ein leichtes Ziehen, und das Gitter gab nach – mit einem Knirschen, das durch die Stille schnitt wie ein vergessener Gedanke.

Einst, vielleicht, war dies ein Zugang zu einem Keller oder einem alten Versorgungstunnel gewesen. Heute war er vergessen.

Aber nicht für ihn.

Die Stufen führten hinab – schmal, unregelmäßig, aus brüchigem Stein, der unter jedem Tritt leise krächzte. Der Gang senkte sich spiralförmig, als würde er sich selbst vergessen, je tiefer er führte. Moose in blassen Grüntönen wucherten entlang der Kanten, ihre feinen Härchen glänzten im fahlen Licht wie winzige Nadeln. Das Gemäuer war feucht, das Wasser rann in Rinnsalen die Wand hinab, sammelte sich in Fugen und tropfte aus der Decke wie flüsternde Tropfen vergangener Jahre.

Mit jedem Schritt wurde die Luft dichter, kühler, mineralischer. Ein Hauch von Eisen lag darauf, alt und durchdringend, durchzogen von etwas Süßlichem – als hätte hier einmal etwas gelebt, das längst vergessen war. Die Wände waren von dunklem Gestein, unregelmäßig behauen, mit Einlassungen, die wie vergessene Zeichen wirkten. In einer Ecke wuchs ein Pilzgebilde, grau und schwammig, dass sich aus einem Mauerriss schob wie ein blindes Auge.

Kian legte eine Hand an die Wand, spürte die Nässe, das raue Gestein, die Kälte, die von innen kam. Die Geräusche der Stadt waren verschwunden. Kein Auto. Kein Wind. Nur das langsame Tropfen. Und der eigene Atem, der an den feuchten Wänden zurückprallte.

Als er unten ankam, öffnete sich der Raum zu einem Gang – lang, niedrig, kaum mehr als eine Röhre. Der Boden unter seinen Füßen war rutschig, die Steine glattgetreten, stellenweise eingesunken. Und überall diese Risse im Gemäuer, aus denen kühle Ströme tastender Luft drangen, wie Atemzüge einer alten, schlafenden Welt. Das Gemäuer, das ihn nun umgab, war nicht das sterilen Typs moderner Schächte oder Versorgungstunnel – es war alt, uralt, aus großen, unregelmäßig geformten Steinen geschichtet, deren Fugen mit der Zeit zu atmen begonnen hatten. Jeder einzelne Block wirkte, als hätte er Geschichten gespeichert, als wären in ihm Stimmen eingeschlossen worden, die nun aus den Rissen hauchten wie längst vergessene Erinnerungen.

Kein Beton. Kein Neubau. Dieses Mauerwerk war schwer von Geschichte, durchtränkt mit jener Art von Zeit, die nicht mehr gemessen werden konnte. Eine Zeit, die nicht verstrich, sondern sich sammelte. Und es war nichts, was man mit einem Stadtplan verorten konnte. Kein Wartungstunnel, kein Zugangssystem. Nein.

Es war etwas anderes.

Etwas, das schon da gewesen war, bevor man dieser Stadt einen Namen gab. Kians Schritte verlangsamten sich, nicht aus Zögern, sondern aus Respekt. Er ging weiter, tiefer, begleitet nur vom eigenen Atem und dem dunklen Murmeln, das die Steine zu flüstern schienen.

Das Licht schwand hinter ihm, verschluckt von der Enge des Gangs. Doch Kian verspürte keinen Drang umzukehren. Seine Augen gewöhnten sich rasch an das Dunkel – oder war es etwas anderes, das ihm sehen half? Eine Art inneres Leuchten, das den Weg wies, ohne sichtbar zu sein?

Der Gang weitete sich mit jedem Schritt, als würde er aufatmen, nachdem er so lange eng und gedrungen gewesen war. Die Luft wurde kühler, bewegte sich in sanften Strömungen, die leise über Kians Haut strichen wie Hände aus einer anderen Zeit. Dann öffnete sich der Raum abrupt – und Kian trat in eine Halle, die nicht gebaut, sondern wie gerade erst entstanden wirkte. Ein Raum aus Stein und Stille, getragen von mächtigen Pfeilern, deren Oberflächen von Alter und Moos gezeichnet waren. Die Decke spannte sich hoch über ihm wie das Gewölbe einer vergessenen Kathedrale, von Wasserflecken durchzogen, durch die einzelne Tropfen in langsamer Regelmäßigkeit fielen.

Zwischen den Pfeilern erstreckten sich flache Becken, in denen dunkles Wasser stand. Es war nicht ruhig, aber auch nicht bewegt – eher lebendig, als würde es atmen. Nebel stieg daraus auf, zäh und träge, formte Schemen in der Luft, die sich nie ganz auflösten. Der Boden war uneben, durchzogen von Rissen und schimmernden Pfützen, in denen sich das diffuse Licht verlor.

In der Mitte der Halle spannte sich ein Steg aus altem Holz über das Wasser – schmal, dunkel, von der Zeit gezeichnet. Er wirkte brüchig, doch kein Brett knarrte, als Kian einen Fuß daraufsetzte. Am Ende dieses Stegs, eingehüllt in das halb durchsichtige Spiel von Nebel und Schatten, stand eine Gestalt.

Schlank, aufrecht, vollkommen still.

Ihr Körper war von dunkler Kleidung umhüllt, so fein und dicht, dass sie wirkte, als sei sie nicht aus Stoff gewebt, sondern aus Schatten selbst. Der lange Mantel, den sie trug, schien sich an den Rändern aufzulösen – nicht aufzulösen im Sinne von Zerfall, sondern, als würde er sich im Nebel verlieren, mit der Umgebung verschmelzen, aus der sie entstanden zu sein schien. Es war, als wäre sie nicht hineingetreten in diese Halle, sondern aus ihr hervorgegangen. Ihre Haltung war aufrecht, beinahe reglos, doch in jeder Faser lauerte etwas Gespanntes – eine stille Kraft, die nicht angestrengt wirkte, sondern konzentriert, gesammelt.

Das Gesicht lag halb im Schatten, verborgen unter einer Kapuze oder im Spiel der Nebelschwaden – schwer zu sagen. Doch das Wenige, das sichtbar wurde, hatte eine Klarheit, die den Blick fesselte: hohe Wangenknochen, blasse Haut mit einem Ton wie kaltes Porzellan, und Lippen, die weder lächelten noch verschlossen waren, sondern einfach warteten. Ein Hauch von Jugend, ja, aber auch etwas Zeitloses, das diese Züge durchdrang.

Auf ihrer Brust ruhte ein Anhänger – rund, aus mattem Metall, dessen Oberfläche keine Spiegelung erlaubte. Doch aus seinem Innersten ging ein sanftes Leuchten aus, rhythmisch, pulsierend, wie ein zweiter Herzschlag, der mehr war als nur Schmuck. Kein Laut ging von ihr aus.

Keine unnötige Bewegung. Und doch war ihre Präsenz so eindringlich, dass die Halle sich selbst um sie zu krümmen schien – als wäre der Raum nicht vollständig ohne sie, als hätte er auf sie gewartet, wie auf einen Fixpunkt, um den sich alles formte.

Kian blieb stehen.

Dann bewegte sie sich.

Es war nur ein Schritt – und doch hatte er etwas Endgültiges. Der Klang war kaum mehr als ein Hauch auf dem feuchten Stein, fast wie das leise Einrasten eines Mechanismus, der lange gewartet hatte. Doch dieser eine Schritt veränderte alles. Etwas schien sich zu verschieben, nicht im Raum, sondern in der Wirklichkeit selbst. Der Nebel zog sich ein wenig zurück. Die Halle hielt den Atem an.

Die Gestalt hob den Kopf. Und dann sprach sie.

„Du bist also gekommen."

Die Stimme war ruhig und jung, klar wie Wasser, das lange unter der Erde geschlummert hatte. Sie war nicht laut – sie musste es nicht sein. Ihre Klarheit schnitt durch die Stille wie ein Ton, der nicht gesucht, sondern gefunden worden war.

Kein Urteil schwang mit. Kein Staunen. Nur Gewissheit. Als hätte sie ihn schon gekannt, bevor sie ihn je gesehen hatte.

Kian antwortete nicht sofort. Etwas in ihrer Stimme hatte ihn getroffen. Nicht wie eine Waffe, sondern wie ein Schlüssel. Er spürte, dass jede seiner Reaktionen mehr bedeutete als bloße Worte.

Schließlich trat auch er einen Schritt vor. „Wer... bist du?“

Sie sah ihn lange an. Dann sagte sie nur: „Sira.“

Nicht mehr. Kein Nachsatz, kein Versuch zu erklären, einzuordnen oder zu beeindrucken. Der Name stand für sich, wie ein Zeichen, das weder Herkunft noch Zukunft benötigte. Und gerade in dieser Schlichtheit lag eine Kraft, die keine weitere Begründung duldete.

Kian runzelte die Stirn. Der Name hallte in ihm nach – nicht, weil er ihn kannte, sondern weil er tief in ihm etwas berührte. Etwas Altes. Etwas, das wie ein vergessenes Fragment zu vibrieren begann.

„Wurdest du geschickt?“, fragte er schließlich, die Stimme leiser als beabsichtigt.

Sira neigte leicht den Kopf, als lausche sie einer Frage, die sich unter seinen Worten verbarg. „Ich warte", antwortete sie dann, ihre Stimme kaum lauter als zuvor. „Ob das „Senden" ist, liegt nicht bei mir."

Kian spürte, wie die Luft dichter wurde. Wie etwas zwischen ihnen knisterte – nicht Spannung im feindlichen Sinne, sondern wie Strom zwischen zwei Polen, die sich noch nicht kannten.

„Was ist das hier?", fragte er. „Eine Schwelle."

Er wollte mehr wissen, doch dann geschah es. Der Raum veränderte sich. Nicht sichtbar. Nicht greifbar. Aber spürbar. Wie ein Atem, der plötzlich schneller wurde.

Sira trat einen Schritt zur Seite. „Wenn du weiterwillst, musst du durch den Spiegel."

Kian blinzelte. „Spiegel?"

„Du musst hineingehen", sagte Sira leise, aber mit Nachdruck. Ihre Stimme legte sich nicht über den Moment – sie schärfte ihn.

Kian runzelte die Stirn. „Was meinst du damit? Wohin... genau?"

Sira zeigte auf das Wasser zu ihren Füßen. Die Oberfläche war glatt, vollkommen unbewegt, und doch spiegelte sie nicht die Halle. Stattdessen zeigte sie ein anderes Bild: einen nebelverhangenen Wald, fremd und vertraut zugleich, und inmitten dieses Waldes – ihn selbst.

„Es ist kein Ort, den du sehen oder erreichen kannst, indem du einfach gehst", sagte sie. „Du musst dich einlassen. Nicht kontrollieren. Nicht durchschreiten. Hinein. Sonst bleibt alles, was du findest, eine Täuschung."

Kian schluckte. „Und wenn ich nicht wieder auftauche?"

„Dann warst du nicht bereit. Oder nicht ehrlich genug."

Ihre Antwort war ruhig, nicht grausam. Aber sie ließ keine Ausflüchte zu. Kian trat näher, das Licht seines goldenen Rings spiegelte sich nun in der Wasserfläche, als würde das Echo seiner inneren Bewegung eine zweite Realität wachrufen. Er sah sein Spiegelbild – und erkannte sich kaum wieder. Nicht, weil sein Gesicht fremd war. Sondern weil es etwas enthielt, das er nie benannt hatte: Tiefe.

Leuchten. Und eine Erwartung, die nicht von außen kam.

Er hielt inne. Sah zu Sira. „Was wirst du tun, wenn ich gehe?“

„Warten“, antwortete sie. „Oder folgen. Je nachdem, was du mitbringst.“

Kian atmete tief ein. Dann streckte er die Hand aus – als wolle er prüfen, ob das Wasser kalt war. Doch bevor er es berührte, vibrierte die Fläche leicht – nicht, weil er sie gestört hätte, sondern, als hätte sie ihn gespürt.

Er trat an den Rand. Kein Zittern. Kein Widerstand. Nur dieses fremde, klare Bild.

Dann – ein Schritt. Und die Welt drehte sich. Die Drehung war nicht abrupt, nicht wie ein Strudel, der ihn ergriff und hinab zog – es war vielmehr ein sanftes, beinahe lautloses Kippen der Wirklichkeit. Als hätte die Welt für einen Moment ihren Halt gelöst und sich neu justiert, ohne Eile, ohne Warnung. Nicht stürzend, nicht ruckartig, sondern organisch, als würde er nicht von einem Ort verschwinden, sondern in einen anderen hinübergleiten. Der Raum um ihn herum verlor seine Ecken und Kanten, wurde weich, verschwamm an den Rändern wie Tinte in

Wasser. Das Gewicht seines Körpers veränderte sich, wurde leichter – nicht im physischen Sinn, sondern in einem tieferen, fast existenziellen. Er spürte keinen Boden, keinen Widerstand. Und doch hatte er nie das Gefühl, zu fallen. Kein oben. Kein unten. Nur Übergang – als würde ein Vorhang sich öffnen, und dahinter wartete nicht das Ende, sondern eine andere Bühne. Eine, die schon immer da gewesen war.

Der Boden unter seinen Füßen verwandelte sich in Tiefe, und das Licht, das eben noch die Halle durchzogen hatte, wurde durch etwas anderes ersetzt – nicht dunkler, nicht heller, aber fremder. Die Geräusche verstummten. Und dann war er da.

Ein Wald erstreckte sich um ihn – weit, still, uralt. Dunst hing zwischen den Stämmen wie ein lebendiges Band aus Atem, das sich um das Geäst schlang, sich in der Luft kräuselte und bei jeder Bewegung den Eindruck vermittelte, als lausche er. Es war eine Stille, die nicht durch Abwesenheit von Geräuschen entstand, sondern durch die dichte Gegenwart von etwas Unsichtbarem – wie ein Raum, der atmete, schwieg und zugleich mit offenen Augen lauschte.

Die Bäume ragten hoch und reglos in den Nebel wie stille Zeugen einer Zeit, die man vergessen hatte. Ihre Stämme waren breit, uralt, mit Rinden, die grau und rissig wirkten, stellenweise von feinen, silbrigen Schuppen überzogen. Es schien, als reflektierten sie kein Licht, sondern tranken es in sich hinein – jede Kontur wirkte gedämpft, wie durch Wasser betrachtet. Zwischen ihren Wurzeln lag weicher Boden, moosbedeckt, durchzogen von Wucherungen, die wie Adern durch den Wald krochen – Pilzgeflechte, Wurzeladern, Laub, das nie ganz verwelkte, sondern wie in einem Zwischenzustand verharrte.

Über all dem hing Nebel. Nicht dicht, nicht undurchdringlich, aber fließend – als hätte er Bewusstsein, als würde er Kian umschmeicheln, berühren, prüfen. Mal dichter, mal dünner, bewegte er sich scheinbar ohne Wind, tastete über das Geäst, über die Baumstämme, über Kians Schultern.

Er stand still. Atmete flach. Der Duft, der ihn umgab, war schwer zu fassen – feucht, moosig, durchzogen von einem metallischen Unterton, wie rostiges Eisen oder kalte Münzen, die zu lange in Erde gelegen hatten. Es war der Geruch von etwas Altem, das nicht tot war, sondern nur sehr, sehr wach.

Der Wald war kein Ort, den man betrat. Er war eine Wesenheit, in die man eingelassen wurde. Und Kian konnte fühlen, dass jeder Schritt, den er von nun an ging, nicht über den Boden führte – sondern durch etwas hindurch, das mehr war als Welt.

Er drehte sich langsam um. Kein Eingang. Kein Steg. Kein Sira. Nur Wald.

Er spürte in seinem Inneren erneut das inzwischen altbekannte Kribbeln. Kian atmete nochmal durch und machte sich auf den Weg - erneut ins Unbekannte.

Der Nebel hatte ihn aufgenommen wie ein vergessener Traum – still, weich, ohne Frage. Doch es war kein bloßes Verschwinden, kein einfaches Übergleiten in eine neue Landschaft. Es war, als hätte sich die Welt selbst ein wenig geneigt, um ihn zu empfangen – nicht feindlich, nicht freundlich, sondern aufmerksam. Jeder Schritt, den er tat, wurde nicht nur gehört, sondern gespürt. Die Luft war von jener dichten, atmenden Qualität, die man nur an Orten findet, an denen Zeit sich sammelt wie Tau.

Der Wald war kein Wald im herkömmlichen Sinn. Er war mehr – ein Raum zwischen den Welten, ein lebendiges Wesen aus Rinde und Wurzeln, das unter seiner Oberfläche Geschichten trug. Alt. Wach. Und voller Erinnerung. Die Bäume standen nicht, sie warteten. Ihre Stämme waren von einem Grau, das kein Licht kannte, von Rissen durchzogen, als hätten sie schon vieles gesehen und noch mehr verschwiegen. Ihre Äste streckten sich nicht zum Himmel, sondern hielten ihn zurück – ein Dach aus Vergangenheit, unter dem alles Gedachte verklang.

Blätter bewegten sich ohne Wind. Tropfen fielen, ohne dass Regen kam. Jeder Laut war gedämpft, aber bedeutungsvoll – das Knacken eines Astes, das Flüstern von Farn, das leise Plätschern von Wasser, das man nicht sah. In der Ferne schlug ein unsichtbarer Vogel mit den Flügeln, ein tiefer, weicher Laut, der mehr ein Atem war als ein Ruf.

Der Boden unter Kians Füßen war weich, federnd, von dichtem Moos durchzogen. Zwischen den Wurzeln glomm ein fahles Leuchten – keine Glühwürmchen, eher Sporen, die auf Berührung reagierten. Der Geruch war erdig, durchdrungen von Pilz, Laub und etwas anderem – metallisch, wie kalte Münzen in nasser Erde. Und doch trug der Wald keinen Tod in sich. Nur Erinnerung.

Noch war es still in Kian. Keine Stimme. Kein Ruf. Nur das pochende Echo seines Herzschlags, das sich mit dem Tropfen in den Blättern vermischte. Sein Atem war ruhig, fast ehrfürchtig. Er hatte erkannt, dass dies hier kein Ort war, an dem man sprach, bevor man verstanden hatte.

Er setzte sich weiter in Bewegung. Kein Pfad war sichtbar, kein Weg markiert. Doch jeder seiner

Schritte fühlte sich geführt an – nicht durch äußere Zeichen, sondern durch etwas in seinem Inneren. Wie ein Kompass, dessen Nadel nicht auf Norden zeigte, sondern auf das, was in ihm noch offen war. Er spürte, dass hier nichts erzwungen werden durfte. Dass der Wald nur denen zeigte, was sie bereit waren zu sehen.

Nach einigen Minuten – oder Stunden, die Zeit war hier anders – öffnete sich der Wald zu einer kleinen Lichtung. Dort, auf einem moosbedeckten Stein, saß ein Junge.

Der Junge, der dort auf dem moosbedeckten Stein saß, war klein – vielleicht sieben oder acht Jahre alt – und so still, dass er beinahe ein Teil der Lichtung hätte sein können. Barfuß, die Knie eng an die Brust gezogen und die Arme darum geschlungen, wirkte er verloren und zugleich vollkommen gegenwärtig. Dunkles, wirres Haar fiel ihm in die Stirn, und seine Haut war blass, fast durchscheinend im sanften Licht, das durch das Blätterdach sickerte. Das ausgewaschene Shirt, das er trug, war viel zu groß, der Stoff hing lose an seinen Schultern, der Kragen ausgeleiert, als hätte es einst einem Menschen gehört, der ihn einst liebte, aber nie zurückkehrte.

Als der Junge den Kopf hob, blieb Kians Atem kurz stehen – denn das Gesicht, das ihn ansah, war sein eigenes. Nur jünger. Offener. Reiner. Es war ein Spiegel in Fleisch und Blut, und doch zeigte er mehr als bloß das, was einmal gewesen war: Er zeigte eine Traurigkeit, die nicht laut klagte, sondern tief in das Gewebe der Seele eingewoben war – eine Stille, die man sich nicht abgewöhnen konnte, weil man sie nie gelernt hatte zu benennen. Die großen Augen des Kindes waren wie stille Seen – klar, durchdringend, und viel zu wach für ein Kind, das eigentlich noch glauben sollte, die Welt sei gut.

Kian machte einen Schritt vorwärts, zögerte, dann einen weiteren. Der Junge bewegte sich nicht, wich nicht aus, zeigte keine Furcht – nur diesen Blick, der nicht sah, sondern verstand. Es war, als würde er durch Kian hindurchsehen und gleichzeitig das in ihm erkennen, dass er selbst vergessen hatte.

Langsam ließ sich Kian auf das weiche Moos nieder, ein wenig entfernt, ohne zu stören. Die Kühle unter seinen Handflächen schien ihn zu erden, als müsse er sich vergewissern, dass dies hier keine Einbildung war.

„Du bist ich“, flüsterte er schließlich – nicht als Frage, sondern als Feststellung, die sich selbst aussprach.

Der Junge neigte kaum merklich den Kopf. „Ich bin der Teil von dir, den du vergessen wolltest“, sagte er mit einer Stimme, die zugleich weich und alt klang, als trüge sie die Müdigkeit vieler Jahre in sich. „Der Teil, der geblieben ist, als alles andere ging.“

Kian fühlte, wie etwas in seiner Brust sich zusammenzog. „Ich habe dich nicht vergessen“, murmelte er. „Ich... musste weiter.“

„Du bist weitergegangen“, entgegnete der Junge ruhig. „Aber du hast mich nicht mitgenommen. Du hast mich in der Kälte zurückgelassen. In der Stille. In all den Nächten, in denen niemand kam.“ Die Worte trafen Kian wie feiner Regen – kalt, durchdringend, und unaufhaltsam. Er wollte etwas erwidern, wollte sagen, dass es nicht so gewesen war, dass er versucht hatte, stark zu sein. Doch keine Ausrede kam über seine Lippen. Denn tief in sich wusste er, dass der Junge recht hatte. Eine tiefe Trauer ergriff ihn. „Ich war nicht stark genug“, flüsterte er schwach.

Der Junge schüttelte kaum sichtbar den Kopf. „Das war nie das Problem. Du wolltest es nicht mehr sein – der, der fühlt. Der, der fragt. Der, der liebt."

Eine lange Stille legte sich zwischen sie, doch sie war nicht leer. Sie war gefüllt mit allem, was unausgesprochen geblieben war, mit jedem Blick, den Kian nie zurückgeworfen hatte, mit jeder Träne, die er geschluckt hatte, statt sie fließen zu lassen. Und dann – fast zögerlich, aber mit einem Mut, der aus einer tieferen Quelle kam – streckte Kian die Hand aus. Kein Zwang. Keine Bitte. Nur ein Angebot.

Der Junge sah ihn lange an, als wollte er prüfen, ob Kians Hand diesmal blieb, wenn er sie brauchte. Und dann – ohne Eile, mit jener leisen Bestimmtheit, die Kinder manchmal haben, wenn sie mehr wissen als Erwachsene – stand er auf, ging über das feuchte Moos, bis er vor ihm stand, und legte seine kleine, warme Hand in Kians große.

„Ich habe dir verziehen", sagte er leise. „Aber du musst mich mitnehmen. Sonst wirst du nie ganz sein."

Ein Zittern durchlief Kians Körper – nicht aus Kälte, sondern aus etwas, das sich löste. Etwas Altem. Etwas, das so lange fest gewesen war, dass er vergessen hatte, wie es sich anfühlte, wenn es weich wurde.

„Dann komm", sagte er. „Diesmal gehen wir zusammen."

Der Junge lächelte. Und dann, mit der Ruhe eines Versprechens, das nicht laut werden muss, verblasste er. Kein Laut. Kein Verschwinden im Rauch. Nur ein leiser Übergang – wie eine Erinnerung, die sich nicht mehr versteckt.

Kian saß noch einen Moment regungslos da, die Hand ausgestreckt, obwohl niemand sie mehr hielt. Und in ihm – nicht als Gedanke, sondern als Gefühl – war etwas weiter geworden. Größer. Nicht schmerzhaft. Eher wie ein Raum, der sich plötzlich erinnert, dass er mehr Türen hat, als man dachte. Kein Gewicht lastete auf ihm. Doch etwas Neues lag in seinem Innersten – nicht schwer, sondern vollständig.

Als Kian schließlich den Blick hob, wirkte der Wald zunächst unverändert – dieselben schweigsamen Bäume, derselbe wabernde Nebel, dasselbe matte Licht, das sich wie ein Hauch über das Moos legte. Und doch war alles anders. Nicht weil sich die Welt gewandelt hätte – sondern weil er selbst es war, der nun anders in ihr stand. Sein Geist hatte sich geöffnet, ein innerer Riegel war gefallen, und nun antwortete der Wald nicht mehr auf sein Zögern, sondern auf seine Bereitschaft. Die Stille war nicht mehr bloß Schweigen – sie war Erwartung.

Ein kaum wahrnehmbares Vibrieren ging durch den Boden, fast wie der Nachklang eines unterirdischen Glockenschlags. Die Luft veränderte sich. Wurde dichter, goldener, ein wenig schwerer – wie kurz vor einem Gewitter, in dem nicht Bedrohung, sondern Verheißung lag. Zwischen den Bäumen begannen einzelne Lichtpunkte zu flackern – winzige Glühspuren, als würde etwas Unsichtbares durch das Geäst atmen.

Und dann öffnete sich, ohne Geräusch, ohne sichtbare Bewegung, ein Spalt zwischen den Bäumen. Es war kein Tor im klassischen Sinn, kein sichtbares Portal – eher eine Veränderung in der Wahrnehmung selbst. Der Raum krümmte sich leicht, als würde sich ein Schleier zur Seite legen. Und dort, wo eben noch nur Bäume gewesen waren, stand nun eine Gestalt.

Er war groß – aber nicht einschüchternd. Breit, aber nicht schwer. Seine Kleidung wirkte wie aus demselben Stoff wie der Wald gewoben: rau, dunkel, mit dem Schimmer von etwas uraltem Grün, durchzogen von Symbolen, die sich bewegten, wenn man sie nicht ansah. Sein Gesicht war von Falten gezeichnet, nicht von Alter, sondern von Bedeutung. Die Augen – goldgelb, wie stilles Feuer – blickten Kian ruhig entgegen.

„Du hast dich erinnert", sagte er. Seine Stimme war tief, langsam, voll von einer Art Wissen, die keine Erklärungen brauchte. „Dann darfst du mich sehen. Ich bin Sorell. Der Hüter des Eingangs."

Kian musterte ihn schweigend. Irgendetwas an der Erscheinung dieses Mannes – oder Wesens? – strahlte eine Ruhe aus, die nicht passiv war, sondern durchdringend. Es war, als würde Sorell nicht nur hier stehen, sondern Teil des Ortes sein, aus ihm hervorgewachsen wie ein uralter Baum, der sich über Jahrhunderte hinweg erinnert.

„Du bist weitergekommen als viele", sagte Sorell nach einem Moment. „Aber bevor du den Pfad betreten darfst, musst du dir selbst begegnet sein

– und zwar mehr als nur in Erinnerung. Was du eben gesehen hast, war ein Echo. Jetzt brauchst du Klarheit."

Kian nickte nur. Worte schienen in diesem Moment zu klein für das, was sich in ihm bewegte.

Sorell trat zur Seite, und mit einer Geste, die mehr wie ein Teil des Waldes selbst wirkte als eine bewusste Bewegung, offenbarte er hinter sich einen Kreis aus flachen, grünlich schimmernden Steinen. Sie lagen halb im Moos versunken, als wären sie nicht gesetzt, sondern gewachsen – unregelmäßig in Form und Farbe, doch in einer Ordnung angeordnet, die älter war als Erinnerung. Keine Linie war exakt, und doch stimmte alles. In ihrer Mitte pulsierte ein goldenes Leuchten, nicht hell, nicht grell, sondern tief – wie das Glühen eines Herzens unter Haut. Der Rhythmus war nicht der seiner Brust, nicht seiner Gedanken, nicht seiner Zeit. Und doch sprach er zu ihm. Direkt. Wie eine Melodie, die sich ins Innere senkt, ohne Klang zu sein.

„Tritt ein", sagte Sorell mit ruhiger Stimme. „Sprich nichts. Denke nicht in Worten. Was du sehen wirst, ist keine Prüfung von außen. Es ist ein Spiegel. Nicht für das, was du warst. Sondern für das, was du geworden bist."

Kian trat langsam an den Rand des Kreises, zögerte kurz – dann durchschritt er die Linie zwischen Moos und Stein. Kaum hatte er den Kreis betreten, änderte sich die Welt.

Nicht plötzlich. Sondern schichtweise.

Die Geräusche verstummten, einer nach dem anderen. Erst der Wind in den Blättern, dann das entfernte Rascheln, das leise Tropfen. Schließlich selbst sein Atem. Die Farben des Waldes wurden blasser, gedämpfter, bis sie in einer Art lichtdurchwirktem Zwielicht verschwanden. Die Luft war nicht mehr kalt, nicht warm – sie war einfach: gegenwärtig.

Und dann war da nichts mehr.

Keine Außenwelt. Kein Wald. Kein Körper. Nur Kian.

Er stand – oder schwebte – in einer Art Zwischenraum. Einem Ort ohne Form, ohne Richtung, ohne Grenze. Und in dieser Formlosigkeit begannen die Gedanken zu flackern.

Nicht in Reihenfolge. Nicht logisch. Sondern wie Lichtblitze. Kurz. Grell. Wahr.

Er sah sich selbst, auf den Dächern der Stadt. Einsam. Wartend. Abweisend. Er hörte die Stimmen seiner Pflegeeltern – kalt, gezwungen, hilflos. Sah sich weglaufen, schweigen, versteinern. Er sah die Hände, die er nicht gehalten hatte. Die Menschen, denen er zu spät etwas sagte. Und dann: das Feuer. Der Riss. Die Nacht, in der alles anders wurde. Die Erinnerung an den letzten Blick seiner Mutter. Die Wärme, die nie zurückkam.

Kian wollte sich abwenden. Doch hier gab es kein Wegsehen. Hier war jedes Flüstern, jede verdrängte Wahrheit ein Bild – und jedes Bild ein Bekenntnis.

Aber dann kamen andere Bilder. Ungewohnt. Fremd – und doch aus ihm.

Er sah sich stehen. Nicht fliehen. Nicht verstecken. Er sah, wie seine Hände zu leuchten begannen. Wie er einem Fremden half. Wie er Sira folgte. Wie er sich stellte. Immer wieder. Dem Schmerz. Dem Licht. Sich selbst.

In der Stille formte sich keine Stimme. Doch eine Frage war da – allgegenwärtig, unausweichlich.

Kein Klang. Aber eine Gegenwart, so greifbar wie ein Blick:

Wer bist du, wenn niemand hinsieht?

Kian antwortete nicht. Er spürte. Er zeigte sich. Ganz. Ohne Mauern. Ohne Schutz. Und zum ersten Mal – ohne Scham.

Sein Inneres antwortete auf das Licht. Nicht mit Worten. Sondern mit Wahrheit. Er war nicht mehr nur „Kian das Pflegekind". Nicht nur der Verlorene. Nicht nur der, der verschont wurde. Er war das, was geblieben war. Und was neu begann. Und mehr noch: Er war ein Träger – nicht im Sinne eines Auserwählten, der Macht erhielt, sondern als jemand, der eine Erinnerung in sich trug, die älter war als Worte, tiefer als Schmerz, heller als jede Lüge. Das Licht war nicht in ihn gelegt worden – es hatte in ihm geschlummert, gewartet, geduldig und still. Nun war es wach.

Als der Moment vorüber war, erkannte er es nicht an der Zeit – keine Uhr, kein Lauf, keine Zahl hätte diesen Wandel messen können –, sondern an dem Raum in sich, der plötzlich still geworden war. Es war keine Leere wie nach einem Verlust, sondern jene Art von Weite, die entsteht, wenn etwas Altes abfällt und Platz macht für etwas, das schon lange gewartet hat. Die Prüfung hatte ihn nicht bewertet, nicht gezwungen, nicht geformt. Sie hatte ihn gespiegelt. Und in diesem Spiegel hatte er sich nicht verloren – sondern sich erkannt. Nicht perfekt. Nicht vollständig. Aber echt. Und bereit, mehr zu werden.

Die Welt kehrte zurück – das Rauschen des Waldes, das Licht des Tages, der Nebel in den Ästen. Und Sorell.

Der Hüter stand noch genau an der gleichen Stelle. Seine Augen ruhten auf Kian, ruhig, wissend, ohne Urteil.

„Du darfst nun weitergehen", sagte er. „Doch der Weg wird dich nochmals prüfen."

Kaum waren die Worte verklungen, begann der Boden unter Kians Füßen leicht zu beben – nicht heftig, nicht beängstigend, sondern wie der Puls eines schlafenden Riesen, der langsam erwacht. Aus dem Nebel, der zwischen den Bäumen hing, schälte sich eine neue Präsenz. Schwer, dunkel, unaufhaltsam. Die Luft spannte sich wie ein Bogen, jeder Laut wich zurück, als müsste selbst der Wald einen Atem lang innehalten.

Vor Kian, dort, wo eben noch nichts gewesen war, manifestierte sich eine Gestalt. Groß. Massiv. Ihre Konturen flackerten, als könne die Welt sie nicht ganz erfassen. Sie war aus Schatten und Stein zugleich, durchzogen von feinen Linien goldener Glut, die sich über ihren Körper zogen wie Adern – lebendig, pulsierend, als würde ihr Herz nicht schlagen, sondern strahlen.

Die Kreatur hatte keine Augen, doch der „Blick" kratze trotzdem über jede Faser seines Seins. Es war kein Hass, kein Hunger, kein Zorn – es war ein stilles, bohrendes Fragen. Eine Präsenz, die ihn nicht zerstören, sondern erkennen wollte. Und in diesem Blick lag eine Prüfung, tiefer als Worte, schärfer als jede Waffe.

Sorell war verschwunden.

Kian stand allein.

Ein erstes Zittern lief durch seine Finger – nicht von außen, sondern von innen. Er hob die Hände, doch die Kraft, die eben noch so klar in ihm gelegen hatte, zögerte. Nur ein Flackern in den Linien seiner Handflächen, ein flüchtiges Glimmen unter der Haut. Kein Ausbruch. Kein Licht. Nur Erwartung.

Die Gestalt kam näher. Ihr massiger Körper schob sich lautlos durch den Nebel, als würde sie ihn nicht durchdringen, sondern zu sich ziehen. Kian wich nicht zurück, aber sein Atem ging schneller. Die Glut in seinen Fingern flackerte, verlosch beinahe – und mit ihr das Gefühl von Kontrolle. Er spürte, wie Zweifel ihn überflutete. Was, wenn es nicht reichte? Was, wenn das Licht in ihm eine Lüge war?

Seine Knie wurden weich. Gedanken wirbelten auf. Bilder. Scheitern. Versagen. Einsamkeit. Sein Blick flackerte, und für einen Moment glaubte er, die Kreatur würde sich erheben, größer werden, ihn überragen wie eine Welle, die jeden Rest von Mut mit sich reißt.

Doch dann – eine Stimme.

Leise. Nah. Und doch nicht von außen.

„Du trägst es. Nicht, weil du sollst. Sondern weil du es bist."

Sira.

Kians Augen weiteten sich. Ihr Ton war kein Befehl. Kein Trost. Er war Wahrheit. Und in dieser Wahrheit – Erinnerung. An die Lichtung.

An die Prüfung. An das, was er gesehen hatte, als er sich selbst ansah. Nicht perfekt. Aber bereit.

Seine Hände zitterten erneut – nicht aus Schwäche, sondern weil etwas in ihm antwortete. Der goldene Schimmer kehrte zurück. Flackernd. Dann stetiger. Tiefer. Die Linien auf seiner Haut begannen zu glühen. Und dann – als würde ein inneres Tor aufgestoßen – brach das Licht aus ihm hervor.

Goldene Strahlen formten sich in seinen Handflächen, zogen Bahnen durch die Luft, als wollten sie etwas erinnern, das nie ausgesprochen worden war. Sie waren kein Angriff. Kein Schutz. Sie waren Erkenntnis.

Kian riss die Arme nach vorn. Die Energie gehorchte nicht seinem Willen – sie gehorchte seiner Klarheit. Und als sie die Kreatur traf, brach wider Erwarten kein Kampf aus.

Es war wie Licht, dass das Dunkel durchdrang, nicht um es zu zerstören, sondern um zu zeigen, was es verhüllte. Die Gestalt begann zu flackern, als würde ihre Struktur nicht zerbrechen, sondern sich lösen. Risse aus Licht zogen sich über ihre Oberfläche, golden und weich, bis die Kreatur sich aufgelöst hatte.

Sie verging, wie Nebel vergeht, wenn der Tag kommt – lautlos, mit einem leichten Flimmern in der Luft, das sich auflöste, bevor man sicher sagen konnte, ob es je da gewesen war.

Und doch blieb etwas zurück.

Nicht Materie. Nicht Gestalt. Sondern ein Wissen – tief, klar, unausweichlich. Kian hatte nicht triumphiert. Er hatte sich nicht erhoben über etwas Fremdes. Er war hindurchgegangen, durch eine Dunkelheit, die seine eigene gewesen war. Und das, was er zurückgelassen hatte, war kein Feind. Es war eine Hülle.

Er stand noch immer da, schwer atmend, während das Licht in seinen Händen langsam verebbte. Doch in seiner Brust leuchtete etwas weiter – nicht laut, nicht wild, sondern ruhig und entschlossen. Eine neue Mitte hatte sich geformt. Kein Zentrum aus Stolz oder Macht, sondern aus Klarheit.

Ein sanftes Gewicht auf seiner Schulter ließ ihn kurz zusammenzucken. Er drehte den Kopf – und sah Sorell. Der Hüter war wieder aufgetaucht, so leise, als hätte er nie wirklich fortgewesen sein können. Hinter ihm lichtete sich der Nebel, und aus dem Schwirren der Luft formte sich ein Tor: schlicht, aus hellem Stein, durchzogen von Runen, die sich bewegten wie flüsternde Gedanken. Lautlos schwang es auf.

Dahinter lagen Stufen. Alt. Von Moos bewachsen, vom Licht durchhaucht. Sie führten nicht nach unten, wie Kian es erwartet hatte – sondern aufwärts, als würde Velmora nicht unter der Erde liegen, sondern in einer anderen Tiefe: der eigenen.

„Velmora wartet", sagte Sorell mit ruhiger Stimme und einem kurzen, beinahe väterlichen Nicken. „Treffe Sira. Sie wird dich begleiten."

Kian, noch immer außer Atem, brachte nur ein leises „Danke" hervor – doch das Wort wog schwer. Es war mehr als Dank. Es war Anerkennung. Es war Abschied.

Sorell nahm die Hand von seiner Schulter, trat einen Schritt zurück – und begann zu verblassen. Nicht ruckartig. Nicht wie ein Trick. Sondern wie etwas, das seinen Platz erfüllt hat und nun heimkehrt. Der Dunst um ihn kräuselte sich, lichtete sich. Und inmitten dieses sich auflösenden Bildes hörte Kian eine letzte Stimme – ein Hauch, kaum mehr als ein Gedanke, der durch den Nebel glitt: „Du ähnelst deinem Vater sehr.“ Dann war er fort.

Und Kian, den Blick auf die Treppe gerichtet, spürte, dass dies nicht das Ende war.

In ihm kreiste noch das Echo von Sorells letzten Worten, so sanft gesprochen und doch so schwer von Bedeutung. Die Luft war ruhig, der Nebel wich zurück, aber etwas in seinem Innersten vibrierte noch – ein Nachklang, wie ein letztes Wort, das nicht nur gehört, sondern aufgenommen wurde. Die Ahnung, dass sein Vater diesen Weg vielleicht schon vor ihm gegangen war, schnürte ihm nicht die Kehle zu, sie öffnete sie – als hätte sich ein Kreis geschlossen, den er nie bewusst betreten hatte.

Kian senkte kurz den Blick, schloss die Augen. Für einen Moment ließ er alles zu: den Schmerz, die Sehnsucht, die Angst – aber auch die Hoffnung, die sich nun, wie ein feines Licht durch all das webte. Er war nicht mehr nur der Junge, der durch das Feuer gegangen war. Er war nun ein Träger, was auch immer das genau bedeuten sollte.

Aber zum ersten Mal in seinem Leben erkannte er einen Sinn. Mit diesem Gedanken machte er sich auf und stieg die Treppen hinter der Türe hinauf.

Der Aufstieg war kein gewöhnlicher. Mit jedem Schritt veränderte sich die Welt um ihn. Die Luft wurde klarer, durchwirkt von etwas, das nicht Duft war, sondern Erinnerung – an Licht, an Wasser, an Stimmen, die nicht mit dem Ohr gehört werden konnten. Der Stein unter seinen Füßen war warm, lebendig fast, und das Moos wich langsam einem glatten, glänzenden Gestein, das in blassem Blau schimmerte, als würde es das Licht von irgendwoher in sich tragen.

Die Stufen führten durch eine enge, von Licht durchtränkte Passage, die sich allmählich öffnete – nicht in einen Raum, sondern in einen Übergang. Wie ein Flussbett, das sich erst mit dem Regen zu erkennen gibt. Kian fühlte, wie sich etwas um ihn legte, nicht fest, aber bestimmt. Eine Präsenz. Ein Fluss. Eine Grenze. Und dann, mit einem letzten Schritt, trat er hinaus.

Die Welt kippte – nicht heftig, sondern weich, so wie vorher, wie Wasser, das aus einem stillen See gegossen wird. Alles wurde fließend. Die Geräusche verloren ihre Richtung, Farben überlappten sich, der Horizont drehte sich, als würde Raum neu definiert. Für einen Moment schwebte Kian – oder war er schwerer als je zuvor? – und dann setzte sich alles. Wie ein Pendel, das zurück zur Mitte findet.

Er stand vor einer Brücke. Fein gebaut, aus hellem Stein, von zarten Linien durchzogen, die wie lebendige Muster unter der Oberfläche tanzten. Nebel zog über das Brückengeländer hinweg, trug Spuren von goldenen Partikeln in sich. Die Luft war kühl, aber nicht kalt. Still – aber voller Erwartung.

Auf der anderen Seite der Brücke – Sira.

Sie stand da, als hätte sie ihn bereits erwartet. Ihre Haltung war ruhig, ihr Blick offen. Kein Lächeln. Kein Staunen. Nur ein leises Nicken. Als wäre er zurückgekehrt. Als hätte er nie anders gekonnt.

Kapitel 9 – Der zyklische Kern

Kian schritt über die Brücke. Seine Schritte hallten nicht. Das Gestein nahm jeden Laut auf. Der endlose Nebel unter ihm blieb reglos – nicht leblos, sondern lauernd, wie eine Grenze zwischen Welten.

Als er Sira erreichte, bewegte sie sich nicht, sprach kein Wort. Doch etwas an ihrer Haltung veränderte sich – kaum sichtbar, mehr ein Nachgeben als eine Geste. Sie trat einen halben Schritt näher, ihre Augen unverwandt auf ihn gerichtet, so ruhig, so tief, dass es Kian war, der den Blick senkte – nicht aus Scham, sondern weil er für einen Moment das Gefühl hatte, in sich selbst zu stürzen.

Dann hob sie die Hand und legte sie sanft auf seine Brust. Ihre Finger waren warm, und doch ging von ihrer Berührung ein Kühle aus, wie von glattem Stein im Morgengrauen – nicht unangenehm, sondern klärend. Direkt über seinem Herzen ruhten ihre Fingerspitzen, leicht und fest zugleich. Nicht, als würde sie ihn beruhigen wollen. Sondern, als würde sie prüfen, ob dort etwas klopfte, das nicht allein ihm gehörte.

Ihr Blick wanderte nicht. Er blieb auf ihm, forschend, tief – aber nicht durchdringend, nicht verletzend. Es war der Blick von jemandem, der nicht urteilt, sondern erkennt. Der nicht fragt, sondern weiß. In Kian keimte der Gedanke auf: Es war nicht er, der sich zeigen musste. Es war das, was in ihm lebte. Das, was sich in den letzten Nächten geregt, erhoben, leise aufgerichtet hatte.

„Du hast es getragen", sagte sie schließlich – ihre Stimme kaum mehr als ein Hauch. „Nicht, weil du musstest. Sondern weil du es konntest."

Kian spürte, wie sich sein Innenleben zusammenzog – und gleichzeitig weit wurde. Ihre Worte trafen keinen Verstand. Sie trafen etwas Tieferes. Etwas, das ihn lange getragen hatte, ohne je beim Namen genannt worden zu sein.

In ihm kreiste noch immer das Echo von Sorells letzter Andeutung. Sein Vater. Die Ahnung, dass dieser Weg nicht der erste war, dass andere ihn vor ihm gegangen waren – vielleicht aus demselben Grund, mit derselben Last. Und mit derselben Hoffnung.

„Ich habe ihn gespürt", flüsterte Kian. „Im Licht. In der Stille."

Sira nickte nur. Keine Bestätigung – nur ein Teilen des Wissens.

Hinter Sira veränderte sich die Luft. Kein Geräusch kündigte es an, kein Riss, kein Grollen. Und doch war es spürbar – wie ein plötzliches Vibrieren in der Zeit, ein Zittern im Raum zwischen zwei Atemzügen. Die Luft begann zu flirren, als hätte jemand die Grenzen der Wirklichkeit gelockert. Dann öffnete sich etwas. Kein Tor, keine Mauer, kein steinerner Bogen. Sondern ein Riss – nicht in der Materie, sondern in der Bedeutung dessen, was Raum war.

Es war, als hätte jemand einen Teil der Welt zur Seite geschoben, vorsichtig, achtsam, um etwas durchscheinen zu lassen, das immer schon da gewesen war. Ein Schimmern legte sich über die Luft, vibrierte in silbernen Schlieren und goldenen Adern, wie flüssiges Licht, das zwischen den Dimensionen floss. Der Boden flackerte, der Horizont zerfloss – und dahinter: Bewegung. Keine klaren Formen. Nur Andeutungen. Schatten, die sich nicht verdunkelten, sondern Tiefe zeigten. Licht, das nicht blendete, sondern rief. Und in all dem ein Gefühl – wie ein Gedanke, der nicht ausgesprochen, sondern gespürt wurde.

Ein Ruf. Kein Wort. Kein Ton. Sondern ein Ziehen, ein inneres Aufleuchten. Nicht an den

Körper. An das, was tiefer lag. An das, was in Kian lange geschlafen hatte.

Sira drehte leicht den Kopf, sah ihn nicht an, sondern in das Tor hinein. Ihre Stimme war kaum lauter als der Nebel, der um ihre Füße zog. „Das ist der Weg nach Velmora", sagte sie. „Nicht der Ort, den du suchst. Sondern der, der dich sucht."

Kian trat einen Schritt vor, näher an das flirrende Licht. Es war nicht grell, nicht überwältigend – aber es hatte eine Tiefe, die ihn zu durchdringen schien. Kein Versprechen. Keine Drohung. Nur das: ein offenes Tor, das nichts versprach – außer sich selbst.

Er sah hinein. Und in diesem Blick ließ er mehr zurück, als er benennen konnte. Keine lauten Abschiede, keine dramatischen Gesten. Nur ein stilles Fallenlassen. Die Zweifel. Die Narben. Die alten Namen, die nie ganz gepasst hatten. Alles, was ihn gehalten, aber nicht getragen hatte.

Er atmete tief ein. Und mit diesem Atemzug wurde er leichter. Nicht weil er weniger wurde – sondern weil er vollständiger wurde. Was blieb, war nicht leer. Es war wach.

Er sah zu Sira. Sie wartete nicht. Sie war bereit. Gemeinsam traten sie durch das Tor.

Und die Welt begann sich erneut neu zu ordnen.

Es war, als würde die Realität selbst einen Schritt zurückweichen, um etwas Ursprünglicherem Platz zu machen. Ein Licht, das nicht beleuchtete, sondern erinnerte, umhüllte sie. Die Welt um sie herum zerfloss für einen Augenblick in reinen Klang, in Vibrationen aus tiefer, unsichtbarer Bedeutung. Kein Schmerz. Kein Widerstand. Nur Übergang – weich und unendlich alt.

Dann formte sich etwas Neues. Der Nebel wich nicht, er wurde dichter, strukturierter. Er ballte sich zu Rändern, formte Räume. Und als Kian wieder klarsah, standen sie an einem Ort, der nicht Teil der Welt war, wie er sie kannte. Es war eine Kammer – oder das, was eine Kammer gewesen sein könnte, bevor Raum selbst erschaffen wurde. Dunkler Stein formte eine Rundung, durchzogen von glimmenden Linien, die sich über Boden und Wände zogen wie pulsierende Runen. Der Boden war von konzentrischen Kreisen durchzogen, die in ihrer Mitte auf einen Punkt zuliefen, aus dem ein sanftes, goldenes Licht sickerte.

Es war still. Aber nicht leer. In der Luft lagen Erinnerungen und eine schier unendliche Energie, die aber nicht greifbar, sondern nur spürbar war.

Eine Bewegung aus der Dunkelheit. Schritte, langsam, bedächtig, und dann trat Sorell aus dem Schatten. Diesmal nicht als Hüter, sondern wie ein Teil dieses Ortes. Sein Gesicht war still und ernst, aber nicht streng. Die Augen leuchteten im Zwielicht wie aus tiefer Zeit.

„Willkommen im Zyklischen Kern", sagte er. Seine Stimme hallte nicht – sie wirkte, als würde sie direkt in Kians Innerstes sinken. „Hier beginnt, was einst erschaffen wurde. Und was sich wieder erinnern will."

Kian schluckte. Der Ort war überwältigend in seiner Schlichtheit – und zugleich schwer vor Bedeutung. Er spürte es: Jede Linie, jeder Kreis, jeder Stein unter seinen Füßen trug Geschichte in sich. Nicht als Erzählung. Sondern als Wahrheit. Hier lag der Ursprung Velmoras. Nicht in Mauern oder Karten. Sondern in einem Puls. In einem Gedanken, der niemals endete.

Sorell sah ihn lange an. „Bevor du Velmora betrittst, musst du es verstehen. Nicht als Ort.

Sondern als Zustand. Als Wesen. Als Teil von dir."

Kian spürte, wie sich etwas in ihm aufrichtete. Kein Widerstand. Keine Angst. Nur ein tiefes, ruhiges Wissen: Er war angekommen.

Noch nicht in der Stadt, aber an der Schwelle zu allem, was sie war.

Sorell trat zur Mitte des Raumes, wo das goldene Licht wie flüssige Erinnerung pulsierte. Die konzentrischen Linien um ihn herum begannen in sanften Wellen aufzuleuchten – nicht grell, sondern tief und klar, als würden sie auf etwas in Kian antworten. Kein Geräusch, kein Wind, nur diese langsame, tiefe Bewegung, die nicht den Körper erfasste, sondern das Bewusstsein.

„Der Zyklische Kern ist mehr als Ursprung", sagte Sorell. „Er ist Spiegel. Er zeigt nicht, was war. Er zeigt, was hätte sein können. Was noch sein wird. Und was in dir lebt – verborgen, verwischt, vergessen." Kaum hatte er gesprochen, begannen sich die Linien auf dem Boden zu verändern. Die Muster lösten sich nicht auf – sie verwandelten sich. Sie zeigten Bilder. Bewegte Schatten. Kian sah sich selbst – in Variationen, die nicht stattgefunden hatten. Ein

Kian, der geblieben war. Ein Kian, der geflohen war. Einer, der sich verweigert hatte. Einer, der verloren gegangen war. Und dazwischen: Funken. Möglichkeiten. Ein Geflecht aus Wegen, das nicht verurteilte, sondern offenbarte.

„Du bist nicht hier, um zu wählen", sagte Sorell. „Du bist hier, um zu erkennen, was in dir liegt. Die Stadt, die du suchst, wird dich nicht aufnehmen, wenn du nur kommen willst, um sie zu betreten. Du musst Teil ihres Ursprungs werden. Ein Träger nicht nur des Lichts – sondern auch des Schattens."

Kian spürte, wie ihn die Bilder berührten. Nicht wie Messer. Sondern wie alte Freunde, die er lange gemieden hatte. Sie zeigten ihm, wer er war – nicht in einem Moment, sondern in Summe. Kein Urteil. Kein Trost. Nur Wahrheit.

Langsam trat er vor, zur Mitte, über die Kreise hinweg. Als er den innersten Punkt erreichte, blieb er stehen. Das Licht dort schien auf ihn zu warten. Es flackerte, wie ein Herzschlag, der den seinen spiegelte. Und dann – ganz ohne Willen – hob Kian die Hand. Ein Ruck durchzog die Kammer. Doch er kam nicht von außen. Er kam aus ihm. Der Spiegel des Zyklus antwortete. Und was er zurückwarf, war keine Gestalt, kein Licht – sondern eine Frage. Tief. Still. Schwerer als jedes Wort.

Bist du bereit, nicht zu kämpfen – sondern zu erinnern?

Kian schloss die Augen. Und als er sie wieder öffnete, war die Antwort da.

Ja.

Ein leises Aufleuchten ging durch den Raum, als hätte das Wort, kaum gedacht, eine Resonanz ausgelöst, die nicht nur den Zyklischen Kern, sondern auch die Zeit selbst berührte. Das Licht in der Mitte wurde ruhiger, tiefer, ein Fluss statt eines Feuers. Und für einen Moment herrschte vollkommene Stille – nicht leer, sondern erfüllt mit etwas, das größer war als jedes Geräusch.

Dann trat Sorell näher zu Kian. Seine Bewegungen waren langsamer als zuvor, beinahe ehrfürchtig. „Du hast gesehen“, sagte er leise. „Und du hast erkannt. Das ist mehr, als die meisten je wagen.“

Kian nickte, sagte aber nichts. Worte schienen noch zu groß, noch zu laut für das, was sich eben in ihm bewegt hatte.

„Was hat er gesehen?“ fragte Sira. Sie war nähergetreten, der Blick offen, aber schärfer als zuvor. In ihrer Stimme lag kein Zweifel, nur ein aufrichtiges Bedürfnis, zu verstehen.

„Er hat sich gesehen“, antwortete Sorell. „Nicht nur das, was er war oder ist. Sondern das, was möglich gewesen wäre. Und das, was noch kommen könnte.“

„Und er hat standgehalten“, sagte Sira. Sie musterte Kian mit einem Ausdruck, den er nicht ganz deuten konnte – Anerkennung, ja, aber auch etwas wie Respekt. Vielleicht sogar etwas mehr.

Kian räusperte sich. „Es war nicht einfach. Manche Bilder... waren schwerer zu ertragen als alles, was ich bisher erlebt habe. Aber ich verstehe jetzt. Velmora ist kein Ziel. Es ist... eine Antwort.“

Sorell legte ihm eine Hand auf die Schulter. „Velmora ist kein richtiger Ort, Velmora ist eine Erinnerung, sowohl der Vergangenheit als auch der Zukunft. Velmora erinnert daran, was gewesen sein könntest du, was du sein kannst und was du werden kannst. Behalte dies immer im Hinterkopf. Wenn du glaubst, du hast

Velmora verstanden, wird sie dich eines Besseren belehren."

Sira trat an seine andere Seite. Ihre Stimme war nun sanfter, fast wie ein Lied. „Es ist Zeit."

Der Nebel, der am Rand des Raumes gewartet hatte, begann sich zu bewegen – langsam, kreisend, als würde er nicht verschwinden, sondern weichen. Und dort, wo sich seine Schleier lichteten, offenbarte sich ein Tor.

Ein massives, silbernes Gebilde trat aus der Dunkelheit hervor, als wäre es nicht entstanden, sondern erinnert worden. Die Oberfläche des Metalls war glatt wie Wasser und zugleich voller Bewegung, als strömten in ihr Erinnerungen wie Lichtadern unter der Haut. Es war nicht verziert – und doch trug es mehr Bedeutung als jedes Ornament: In seiner Mitte, eingelassen wie ein stilles Auge, ruhte ein Symbol. Kein Schmuck, keine Verzierung – sondern ein rundes, irisierendes Auge aus Metall und Glas, das nicht sah, sondern erkannte. Es schien zu pulsieren, mit einem Rhythmus, der nicht von außen kam, sondern aus dem Raum selbst.

Sorell trat zurück, seine Silhouette im Licht wie aus Schatten gemeißelt. „Was hinter diesem Tor liegt, ist nicht mehr Vorbereitung. Es ist Ankunft. Aber nur der, der erkannt wurde, kann eintreten."

Kian trat näher. Das Auge im Zentrum des Tores drehte sich kaum merklich, als hätte es seine Bewegung gespürt. Und als er die Hand hob, ohne zu wissen, ob aus Willen oder Eingebung, legte sich seine Handfläche auf die kalte, vibrierende Fläche direkt darunter.

Ein leiser Laut ging durch den Raum – nicht wie ein Geräusch, sondern wie das Öffnen eines Gedankens. Das Auge in der Mitte des Tores schloss sich für einen Herzschlag, dann flackerte es auf, ein goldener Impuls, der sich wie eine sanfte Welle durch den Raum legte. Das massive Silber der Flügel begann sich zu bewegen – nicht ruckartig, sondern mit der selbstverständlichen Kraft eines Naturphänomens, das weder Mechanik noch Anstrengung kannte. Lautlos glitten die beiden Hälften auseinander, enthüllten eine Schwärze, in der sich kein Gang abzeichnete, keine Mauer, keine Treppe. Nur Raum. Tiefe. Möglichkeit. Und etwas, das Kian nicht sehen, aber in jedem Teil seines Körpers spüren konnte.

Hinter ihnen jedoch veränderte sich ebenfalls etwas. Kaum hatten ihre Füße die Schwelle berührt, begann die Brücke hinter ihnen zu zittern – nicht heftig, sondern wie ein letzter Atemzug, den man ausstößt, wenn ein Versprechen erfüllt wurde. Der Stein, der sie getragen hatte, begann sich aufzulösen, Stück für Stück, als würde er sagen: Dies war euer Weg. Aber nicht euer Rückweg. Kian drehte sich noch einmal um, sah, wie die Konturen des Gesteins in Nebel übergingen, der sich dann lautlos in der Dunkelheit verlor. Die Vergangenheit, die sie hierhergebracht hatte, verflüchtigte sich.

Es gab keinen Weg zurück.

Er sah zu Sira. In ihren Augen spiegelte sich nichts von Angst – nur Klarheit. Tiefe. Und dieses leise Einverständnis, das nicht ausgesprochen werden musste, weil es längst beschlossen war.

Kian atmete tief durch. Der Moment fühlte sich nicht wie ein Schritt an – sondern wie ein Übergang, der keinen Klang machte und doch alles veränderte.

Dann traten sie durch das Tor.

Und hinter ihnen schloss sich die Welt, die sie einmal gekannt hatten.

Die Luft war hier schwerer, dichter. Sie schmeckte nach Metall und alten Steinen.
Der Boden unter seinen Füßen war glatt, aber nicht rutschig.
Er erinnerte an Obsidian, nur lebendig. Jeder Schritt klang dumpf, fast erstickt, als sollte Velmora ihn nicht hören.

Sira trat neben ihn.
Sie wirkte angespannt, aber nicht überrascht.
„Noch sind wir nicht in der Stadt", sagte sie leise.
Ihre Stimme verlor sich seltsam schnell in der Dunkelheit. Vor ihnen erstreckte sich ein langer Korridor, breit genug für ein ganzes Heer.
Wände aus dunklem Stein, durchzogen von feinen Linien, die im Augenwinkel zu funkeln schienen.
Kein Geräusch außer ihren Schritten. Kein Echo.
Ein mattes, gleichmäßiges Leuchten lag über dem Gang, nicht von Fackeln oder Lampen, sondern aus der Höhe über ihnen, wo eigentlich eine Decke sein sollte.
Doch es gab keine. Stattdessen wölbte sich dort so etwas wie ein fremder Himmel, durchzogen von fließenden Lichtadern, die langsam

pulsierend den Weg erhellten.
Das Licht war weich, fast träumend, und schien keine Schatten zu werfen, sondern sie zu verschlucken.
Es war, als würde der Gang nicht beleuchtet, sondern erinnert werden – von einem Ort, der wusste, dass man kam.
Als hätte die Welt hier vergessen, wie Klang funktioniert.

Der Gang schien kein Ende zu kennen. Kein Windhauch war zu spüren. Kein Geräusch außer ihren Schritten. Kein Echo. Nur das dumpfe Tappen ihrer Sohlen auf dem seltsam festen Boden, der weder rau noch glatt war – sondern wachsam.

Es war Kian, der schließlich die Stille brach.

„Ist das hier echt?", fragte er leise. Ganz automatisch hielt er seine Stimme gesenkt, obwohl – zumindest scheinbar – niemand bei ihnen war.
Sira brauchte einen Moment, ehe sie antwortete. „Echt genug." Kian sah zu ihr, suchte ihren Blick, fand ihn jedoch nicht.
„Du hast keine Angst?" Sira nickte kaum merklich.

„Doch. Aber ich habe gelernt, sie nicht entscheiden zu lassen."

Das saß.
Kian schwieg, ließ die Worte nachhallen.
Dann ein schiefes Lächeln. „Hast du immer gewusst, dass du hierhergehörst?"

„Nein." Sie schüttelte den Kopf. „Aber ich wusste, dass ich nicht in die Welt passe, in der ich aufgewachsen bin."

Kian atmete aus, als würde das endlich jemand sagen, den er verstand.
„Ich dachte immer, ich wäre einfach falsch. Dass irgendwas bei mir nicht funktioniert." Er sah sie jetzt direkt an.
„Bis ich gemerkt habe, dass ich mich heile, wenn ich verletzt werde."

Sira blieb ruckartig stehen und dreht sich zu ihm um. Ihre Augen waren wach, fragend, aufgeladen mit etwas, das zwischen Erstaunen und Erschrecken lag.

„Du... was?"

Kian zuckte leicht mit den Schultern, als wollte er es herunterspielen, aber es gelang ihm nicht.
„Ich weiß nicht, wie. Ich schneide mich. Und

Sekunden später ist alles weg. Das Blut, der Schmerz, ich kann zusehen, wie sich die Wunde schließt.

Sira sagte nichts.
Ihr Blick wanderte über sein Gesicht, dann zu seiner linken Hand.
Er hob sie, zeigte ihr eine kleine Linie, kaum sichtbar.

„Das hier ist alt. Ich hab's beobachtet. Eine Wunde braucht genau sieben Sekunden. Dann verschwindet sie."

Sira schluckte.
„Wie lange weißt du das schon?"

„Seit ich fünf war. Vielleicht früher. Ich habe es immer versteckt. Weil ich dachte, es macht mich gefährlich. Oder krank." Ein flüchtiges Zittern durchlief Siras Lippen, als wolle sie etwas sagen – sich dann aber doch dagegen entschied.
Sie trat einen halben Schritt zurück. Nicht aus Angst – sondern, als müsste sie das, was er gesagt hatte, aus einer neuen Perspektive betrachten. „Du bist nicht krank", sagte sie schließlich. Ihre Stimme war leise, aber fest. „Aber du bist etwas, das sehr selten ist. Selbst hier gibt es nicht viele von dieser Art." „Ich

dachte, alle hier wären besonders", erwiderte er.
„Sind sie", antwortete sie.
„Aber das ist... trotzdem anders. Rein. Ungebrochen." Kian schnaubte trocken.
„Ungebrochen? Ich war mein ganzes Leben lang zerbrochen." „Nein", sagte Sira.
„Du warst nur noch nicht da, wo du gebraucht wirst."

Ein Moment lang war es still zwischen ihnen.
Ein Blick, ein Raum voller unausgesprochener Fragen. Dann sagte sie: „Du bist kein Zufall, Kian." Und er wusste plötzlich nicht mehr, ob sie damit ihn tröstete – oder sich selbst. Er sah sie an, länger, als er es gewohnt war.
Und dann, ohne Zynismus oder Hintergedanken, stellte er eine einfache Frage.

„Und was bist du?"

Sira blinzelte. Zum ersten Mal wirkte sie nicht vorbereitet. Sie senkte kurz den Blick, als müsste sie sich selbst daran erinnern. Dann sagte sie leise:
„Ich weiß es nicht genau. Noch nicht. Ich kann Dinge spüren, bevor sie passieren. Räume fühlen. Menschen lesen, nicht mit dem Kopf – mit etwas Tieferem."

Sie schwieg, tastete nach Worten. „Manchmal, wenn ich träume, sehe ich Orte, die es nicht geben dürfte. Und wenn ich wach bin... bin ich mir nicht sicher, ob das hier die Wirklichkeit ist. Oder nur ein Teil von etwas Größerem."

Kian sagte nichts.
Nicht aus Verwirrung – sondern, weil er das Gefühl kannte.
Das Gefühl, dass die Welt nicht aus Wänden bestand, sondern aus Schleiern. Sira atmete langsam aus. „Ich bin vielleicht nicht hier, um dich zu führen. Sondern damit du nicht allein bist." Ein flüchtiges Lächeln zuckte über Kians Gesicht.
„Danke. Aber das mit dem Nicht-allein-Sein, das ist neu für mich."

Sie gingen weiter. Die Stille zwischen ihnen war jetzt keine Leere mehr, sondern ein Raum, den man teilen konnte. Nach einigen weiteren Minuten blieb Sira plötzlich erneut stehen. So, als hätte sie einen Ruf gehört, den Kian nicht vernommen hatte.
Ihr Blick richtete sich zur Seite, an die rechte Wand, dort, wo sich der Gang leicht wölbte und das pulsierende Deckenlicht eine eigenartige Tiefe erzeugte. Kian brauchte zwei weitere

Schritte, um es zu bemerken.
Nicht, weil sich etwas bewegte – sondern weil etwas **nicht stimmte**.

Da war kein Klang, der sie warnte, keine Bewegung, die ihre Aufmerksamkeit forderte – und doch wussten sie sofort: **Etwas war da.**

Nicht sichtbar. Nicht greifbar. Aber spürbar. Wie eine Schwere im Raum, die nicht zum Gewicht der Welt gehörte. An der rechten Wand, dort, wo das leuchtende Geflecht der Decke eine Biegung warf, verdichtete sich die Luft.
Nicht wie Nebel – sondern wie ein Fehler.
Ein stiller, gezielter Widerspruch in der Architektur der Realität.

Kian trat einen halben Schritt zurück.
Das Ding – oder was auch immer es war – hatte keine Konturen, keine Masse.
Und doch konnte man nicht wegblicken.
Denn es war da, mit einer Präsenz, die nicht vom Sehen lebte. Es war nicht feindselig. Es sah aber nicht ihn an, sondern es durchbohrte regelrecht sein tiefstes Inneres.

Etwas in ihm spannte sich an und formierte Widerstand.
Ein Impuls durchzuckte ihn, so schnell, dass er

sich erst danach fragte, ob er ihn überhaupt gespürt hatte. Plötzlich spürte er Siras Hand auf dem Arm: „Tu es nicht, Kian“. Obwohl er sie nicht hörte, spürte er ihre Worte in sich. Instinktiv entspannte er sich etwas. Die fremdartige Präsenz ließ nach.

„*Asul.*“ Sira flüsterte kaum hörbar. „Es ist ein Wächter.“ „Von was?“, fragte Kian, seine Stimme war trocken. „Einer von vielen Hütern von Velmora. Er starrte auf die Falte im Raum. „Ist das... ein Wesen?“ „Nein. Und ja. Es ist nicht gemacht. Es ist einfach da. Wie eine Erinnerung. Manche glauben, es ist Velmoras Blick.“

Das Etwas veränderte sich nicht.
Aber Kian fühlte, wie es in ihm ruhiger wurde. Nicht weniger wachsam, aber es akzeptierte ihre Anwesenheit. Er spürte für einen winzigen Moment, was es bedeutete, wirklich gesehen zu werden – nicht durch eine Person, sondern durch etwas.
Und dann war es fort. Keine Bewegung. Kein Flackern.
Es löste sich auf, wie ein Gedanke, den man gerade noch fassen konnte – bevor er wieder in den Grund des Bewusstseins zurücksank.

Nur ein Nachhall blieb in ihm: *„Asul“*

Er wusste nicht, was es bedeutete. Aber er wusste: Es würde wiederkommen.

Sira löste sich zuerst aus der Starre.
Sie strich Kian sanft über den Arm, als wollte sie sich vergewissern, dass sie beide noch hier waren – und dass die Welt sie noch trug.

„Komm“, sagte sie leise. Sie setzten ihren Weg fort.
Der Korridor veränderte sich kaum sichtbar – und doch spürbarer mit jedem Schritt.

Die Linien in den Wänden begannen zu fließen, als würde eine unsichtbare Hand mit flüssigem Licht neue Muster zeichnen.
Kian hatte das Gefühl, dass sie auf seine Gedanken reagierten – als könnten sie spüren, wer er war. Sira lief voraus, doch ihre Bewegungen waren vorsichtiger geworden.
Ihr Blick tastete an den Wänden entlang, als könnte jeder Moment die Struktur der Wirklichkeit kippen.

Plötzlich spannte sich etwas vor ihnen über den Gang – eine Art durchsichtiger Schleier, kaum wahrnehmbar, wie Hitze über heißem Stein.
Er flimmerte, zitterte – und wuchs.

Kian spürte ein eigenartiges Drücken in seiner Brust.
Kein Schmerz, aber ein tiefes, bohrendes Ziehen – wie eine fremde Erinnerung, die sich in seine Gedanken einnisten wollte. Sira hob eine Hand, ohne ihn anzusehen.

„Nicht berühren", murmelte sie. Ihr Blick war ernst, beinahe bittend.

„Manche dieser Schleier... sind Reste. Erinnerungen der Stadt. Sie erkennen dich, wenn du offen bist. Oder auch schwach." Kian nickte, obwohl sein Inneres rebellierte. Er ballte die Fäuste, und da war es wieder: Ein leichtes Zittern unter seiner Haut.
Etwas, das sich regte, wenn er verletzt war – oder wenn ihn etwas herausforderte. Er wählte einen schmalen Seitenstreifen, wo der Schleier dünner war, fast durchsichtig.
Als er hindurchging, fühlte er einen leichten Widerstand – nicht am Körper, sondern viel tiefer. Für den Bruchteil einer Sekunde sah er ein Bild:
Ein Kind, allein auf schwarzem Stein. Dann war es sofort wieder fort.

Er taumelte leicht, fing sich aber schnell. Sira sah ihn an.
„Hast du es gespürt?“, fragte sie. Kian nickte stumm. Sie zögerte einen Moment, dann trat sie näher zu ihm. „Ich habe vorhin etwas gesagt“, murmelte sie. „Dass du anders bist als die meisten hier.“ „Wegen... dem, was ich kann?“, fragte Kian.

Sira suchte nach den richtigen Worten.

„Nicht nur wegen der Fähigkeit. Sondern wegen der Art, wie sie in dir lebt.“
Sie senkte den Blick kurz, als müsse sie selbst eine Schwelle übertreten. „Es gibt ein altes Wort dafür“, sagte sie dann. *„Kaerith.“*

Das Wort hing einen Moment schwer zwischen ihnen, als würde die Luft es aufnehmen und behalten. Kian runzelte die Stirn. „Was bedeutet das?“, fragte er leise. Sira sah ihn wieder an.

„Kaerith sind jene, die nicht zerbrechen. Selbst wenn sie fallen, heilt etwas in ihnen – nicht nur Fleisch und Knochen, sondern etwas Tieferes.“
Sie machte eine vage Geste auf seine Brust.
„Ein Herz, das sich selbst zusammensetzt. Eine Seele, die sich weigert, zu verbluten.“

Kian schluckte. Das klang schön. Und zugleich beängstigend. „Es ist selten", fügte Sira hinzu. Ihre Stimme war kaum hörbar.
„Selbst hier. Manche sagen, ein *Kaerith* kann Dinge überleben, die selbst die Welt nicht tragen kann." Kian wusste nicht, was er darauf antworten sollte, also sagte er nichts. Aber tief in seinem Inneren spürte er, wie etwas in ihm auf das Wort reagierte.
Kaerith. Wie eine Saite, die seit Jahren gespannt war und jetzt endlich angeschlagen wurde.

Velmora, so schien es, hatte ihn längst erkannt.

Sira atmete langsam aus, als hätte sie die halbe Welt aus ihrem Inneren lösen müssen, um dieses Wort auszusprechen.

Sie gingen weiter, Schritt für Schritt, durch einen Gang, der jetzt weniger wie ein Bauwerk und mehr wie ein lebendiges Wesen wirkte.
Die Wände atmeten im Takt einer fremden Kraft, ein kaum wahrnehmbares Pulsieren unter der Oberfläche, wie ein langsamer Herzschlag. Kian versuchte, die neue Erkenntnis zu ordnen, aber seine Gedanken rutschten ihm durch die Finger wie Sand.
Kaerith.

Nicht einfach ein Name – sondern auch eine Eigenschaft.

Plötzlich flackerte das Licht über ihnen.
Nicht heftig – eher ein Zittern, als würde der Himmel selbst für einen Moment überlegen, ob er bleiben oder sich abwenden wollte. Sira blieb stehen.

„Merkst du es auch?", fragte sie. Kian nickte. Es war keine Gefahr, kein greifbarer Feind.
Es war... Erwartung. Er folgte ihrem Blick. Vor ihnen begann der Gang sich zu weiten.
Der Boden fiel sanft ab, und in der Ferne öffnete sich etwas, dass sie nicht vollständig erkennen konnten: eine große Halle, von Schatten umwoben, mit Säulen, die wie gebrochene Finger in die Höhe ragten.

Die Luft war anders hier. Dichter. Älter.
Und sie trug etwas in sich – einen Klang, den man nicht hören konnte, sondern fühlen musste. Ein leises Summen in der Brust. Ein Ziehen im Innersten.

Kian spürte, wie seine Haut prickelte.
Nicht vor Angst – sondern vor etwas, das tiefer ging.
Wie ein Ruf. Sira schien es ebenfalls zu

bemerken. Ihre Schritte wurden vorsichtiger, fast lauschend. Als sie die Halle betraten, änderte sich die Atmosphäre sofort. Hier klang nichts mehr dumpf oder erstickt. Eher wirkte es, als ob ihre Schritte lebendig werden würden. Sie hallten nicht mehr wie Geräusche, sondern wie Fragen.
Und irgendetwas antwortete.
Nicht mit Worten – sondern mit einem Gefühl.

Gesehen zu werden.

Geprüft zu werden.

Erkannt zu werden.

Kian hielt den Atem an, als sie sich der Mitte der Halle näherten. Dort, zwischen zerbrochenen Mosaikplatten und verblassten Symbolen, stand ein einzelner Monolith.
Schwarz wie erstarrte Nacht, von feinen Rissen durchzogen, die golden glühten, als würde sich darin etwas bewegen. Sira blieb stehen.
„Das ist ein Mahnmal“, sagte sie. Ihre Stimme klang fremd in dieser Halle. „Für was?“, fragte Kian. Sie antwortete nicht sofort.
Stattdessen trat sie näher an den Monolithen heran und legte eine Hand darauf. Einen Augenblick lang geschah nichts.
Dann, mit der Sanftheit eines Traumes, begann

sich der Stein zu verändern. Bilder formten sich – nicht als Gravuren, sondern als Erinnerungen, die aus der Tiefe des Materials aufstiegen:

Ein Mann, der durch eine brennende Stadt lief. Eine Frau, die einen blutenden Körper in den Armen hielt und doch lächelte. Kinder, die in einem Fluss aus Licht verschwanden.

Kian wich unwillkürlich zurück. Er sah sie. Nicht vage oder schemenhaft.
Er konnte die Hitze der brennenden Stadt spüren, er roch den Geruch von frischem Blut, er hörte den Klang des Wassers, als würde es gerade passieren.

Er blinzelte heftig, rang nach Luft. Sira sah ihn überrascht und fast alarmiert an. „Du... siehst das?“, fragte sie leise. Kian nickte zögernd. „Ja. Alles.“ Sira wich einen halben Schritt zurück, sie strahlte pures Erstaunen aus. „Das... sollte nicht möglich sein“, murmelte sie. „Aber es ist wahr, deine Iris reagiert“.

Nun spürte Kian es auch, sein Zeichen reagierte und er spürte regelrecht, wie sich in seiner Iris die Linien glühend verstärkten. Sie legte erneut die Hand auf den Monolithen, beobachtete ihn – und beobachtete Kian. Er spürte, wie weitere

Bilder ihn streiften, als würden längst vergangene Stimmen durch seine Adern flüstern.

„Nur der, der berührt, kann sehen", flüsterte Sira. „Nur ich... normalerweise."

Sie ließ langsam die Hand sinken.
Unsicherheit glomm in ihren Augen, ein Hauch von etwas, das er bisher nicht bei ihr gesehen hatte: Demut. „Du bist nicht nur Kaerith", sagte sie leise.
„Du bist viel mehr. Etwas, das selbst Velmora nicht oft gesehen hat."

Kian wollte etwas sagen, irgendetwas, doch Worte reichten nicht.
Stattdessen blieb er einfach stehen, spürte, wie die Halle ihn atmete, ihn kannte.

Sira trat schließlich wieder neben ihn. Diesmal ohne Distanz. Kein Zwischenraum mehr, kein zögerndes Innehalten. Nur ihre Anwesenheit – ruhig, wach, und mit einem Blick, der nicht fragte, sondern teilte.

„Vielleicht", sagte sie leise, „sind wir nicht hier, um etwas zu finden." Ihre Stimme war kaum mehr als ein Hauch. „Vielleicht sind wir hier, damit Velmora sich erinnert."

Die Worte verharrten zwischen ihnen, als wollten sie Wurzeln schlagen. Und für einen Atemzug war es, als hätte die Halle selbst zugehört.

Der Raum hinter ihnen pulsierte noch immer – in konzentrischen Wellen, in Licht, das sich durch Zeit bewegte. Doch vor ihnen lag etwas anderes: ein Ausblick, still und gewaltig zugleich. Der Boden ging in zwei Wege über – nicht als Trennung, sondern als Gabelung, deren Mitte selbst Teil der Entscheidung war.

Einer der Wege war hell, durchzogen von Linien, die sich bewegten wie Gedanken. Der andere dunkel, still, von einer Tiefe, die nicht drohte, sondern rief. Zwei Richtungen. Zwei Versprechen. Keines davon falsch. Keines ohne Preis.

Kian spürte, wie in ihm keine Angst aufstieg, sondern ein tiefes, wortloses Verstehen. Dass Entscheidungen nicht am Ziel gemessen wurden. Sondern an dem, was man bereit war, aufzugeben.

Er sah zu Sira. Und sie sah ihn an – nicht fragend, nicht drängend. Nur bereit.

Doch sie gingen noch nicht.

Denn in diesem Moment, in dieser Stille, in diesem kaum greifbaren Zwischenraum, geschah etwas, das größer war als Bewegung.

Velmora hatte sie gesehen.

Nicht mit Augen. Nicht mit Licht. Sondern mit Erinnerung.

Und was einmal erkannt war – würde nie wieder vergessen. Kian atmete ein.

Und in der Tiefe antwortete etwas.

Kapitel 11: Drei Stimmen im Stein

Die zwei Gänge lagen vor Ihnen.

Links: Ein Pfad durchzogen von Lichtadern, pulsierend wie die offenen Adern einer alten Wunde.

Rechts: Ein Schattenkorridor, in dem selbst das Licht von oben zu ersticken schien.

Plötzlich hörten sie ein Geräusch. Schritte, leicht und schnell, diesmal war es nicht das Echo ihrer eigenen Bewegungen, sondern echt und nah. Sira hob leicht das Kinn, ihre Augen verengten sich.

Kian spürte, wie sich sein Körper spannte – ein Instinkt, geboren aus den Prüfungen. Ein kurzer, stummer Blick zwischen ihnen. Dann entschieden sie sich automatisch für den rechten dunklen Pfad, aus dem die Schritte erklangen.

Der Gang wurde enger und dunkler. Die Wände schienen näher zu kommen, als wollten sie jede Fluchtmöglichkeit ersticken. Das wenige, vorhandene Licht flackerte nervös über den dunklen Boden, und feine Linien an den Wänden zogen sich zu Mustern zusammen, die Kian nicht verstand. Die Schritte verstummten. Kian hielt den Atem an. Ein Schatten löste sich aus der Dunkelheit, keine zehn Schritte vor ihnen. Der Schatten war lautlos, schnell und zielgerichtet.

Der erste Angriff kam blitzartig.

Der Mann, maximal ein bis zwei Jahre älter als Kian, schmal, mit zerzaustem dunklem Haar und einem Blick, der zwischen Leichtsinn und Gefahr pendelte – schoss nach vorn, eine fließende Bewegung wie ein Tier im Sprung. Kian hob die Arme, parierte instinktiv.

Die Kraft des Aufpralls fuhr ihm bis in die Schultern. Noch ehe er den Gegner richtig fokussieren konnte, kippte die Welt.

Er war nicht mehr in Velmora. Er stand auf dem Spielplatz seiner Kindheit. Nebel lag schwer auf den rostigen Ketten der Schaukel, der Sand unter seinen Füßen war kalt, tot. Verlassene Stimmen wehten durch die Luft – sein Name, gerufen, dann verhallt. Seine Brust zog sich zusammen.

Die Leere, die Kälte – sie griffen nach ihm wie hungrige Hände. „Nein", murmelte Kian, seine Stimme kaum mehr als ein raues Kratzen. Er wusste, was hier geschah. Es war eine Illusion, wie er sie im Training schon erlebt hatte, nur diesmal war sie echt und gefährlich, diesmal gab es keinen zweiten Versuch. Er ballte die Fäuste, zwang sich, das Bild zu zerreißen.

Er fokussierte auf das, was real war: den Schmerz in seiner Schulter, den Geruch von Staub und altem Stein. Die Vision begann zu erzittern, Risse zogen sich durch die Szene. Ein Stoß, ein inneres Aufbäumen – und er brach zurück in die Realität.

Bevor er sich jedoch sammeln konnte, kam schon der zweite Angriff, diesmal aber anders, als er kalkuliert hatte. Der Mann stürmte auf ihn zu, eine Faust vorgestreckt. Kian versuchte noch auszuweichen, doch der Abstand war zu gering. Der Schlag traf ihn hart am Wangenknochen.

Schmerz explodierte wie ein greller Blitz in seinem Schädel. Er stolperte zurück, schmeckte Blut auf seiner Zunge, fühlte, wie die Haut an seiner Wange aufriss. Warm und scharf rann das Blut über seine Lippen.

Für einen kurzen Moment verschwamm sein Sichtfeld, doch dann spürte er sofort den vertrauten Reflex: Unter der Oberfläche seiner Haut zuckte etwas. Innerhalb eines Bruchteils einer Sekunde begannen die Wundränder zu glühen, golden und sanft. Die Haut spannte sich neu, das Blut versiegte. Die Wunde verschloss sich – als hätte sie nie existiert.

Sein Gegner erstarrte. Die Überraschung in seinen Augen war unverkennbar. Er wich einen Schritt zurück, sein Grinsen zuckte, als müsste er einen Fluch unterdrücken. „Was zum...?" murmelte er, blinzelte ungläubig.

Kian wischte sich die letzten Bluttropfen von der Lippe, spürte, wie Wut und Entschlossenheit sich mischten. Er hob seine Hände vor dem Körper und goldenes Licht sammelte sich in seiner Handfläche, pulsierend wie ein Storm, der nur darauf wartete, hervorzubrechen. Kian musste nicht darüber nachdenken, was er tat, er folgte einfach seinem Instinkt. Mit einer Bewegung schleuderte Kian die goldene Energie nach vorne.

Der Fremde riss die Augen auf, versuchte auszuweichen, aber der Lichtschlag streifte ihn noch an der Schulter und war mächtig genug, ihn von den Füßen zu reißen. Er schlug hat auf den Boden auf, rollte sich jedoch mit einer fließenden Bewegung ab und kam leicht schwankend wieder auf die Beine. Eine schwere Stille senkte sich über die drei.

Langsam richtete sich der Junge auf. Er lachte leise – spöttisch, aber auch anerkennend.

Ein Lachen, das mehr über ihn sagte als jede Entschuldigung. Er klopfte sich den Staub von der Hose, verzog leicht das Gesicht, als er den Arm bewegte. „Fein", sagte er schließlich, die Stimme rau vom Aufprall.

„Richtig fein."

Er zog eine Grimasse, die ein Grinsen sein wollte. „Ich gebe es zu: falsche Einschätzung meinerseits." Er hob die Hände, als Zeichen, dass er keinen weiteren Angriff plante.

„Mein Name ist Daen", sagte er, atmete tief durch. „Und falls ihr's noch nicht gemerkt habt –

ich bin genauso neu hier wie ihr." Sira blieb stumm, ihr Blick kühl und abwartend.

Kian sagte nichts. Sein Atem ging schwer.

Das goldene Licht in seiner Hand war erloschen, aber es pochte noch immer in seinen Adern.

Daen sah sie beide an, zog die Augenbrauen hoch, als würde er eine stille Wette abschließen. „Vielleicht... sollten wir uns zusammentun." Sein Grinsen wurde schmaler, ernster. „Allein stirbt man hier schneller, oder?"

Velmora summte in der Tiefe der Gänge. Als würde die Stadt selbst lauschen, was sie als Nächstes entscheiden würden. Für einen Moment stand die Welt still. Nur der Herzschlag in Kians Ohren, der Atem, der sich in der schweren Luft von Velmora verlor, und das leise Summen der Mauern, das nie wirklich verstummte. Daen klopfte sich mit übertriebener Gelassenheit den Staub von seiner dunklen Jacke.

Sein Blick wanderte wie beiläufig über Kian hinweg, blieb jedoch einen Herzschlag zu lange an Sira hängen. Sein Grinsen war offen – zu offen. „Nicht schlecht", sagte er schließlich, die Stimme noch rau von der Anstrengung.

„Ihr haltet euch besser, als ich erwartet hätte." Er nickte leicht in Siras Richtung, und in seinem Tonfall schwang etwas mit – nicht plump, nicht respektlos, aber eindeutig mehr als bloßes Interesse an einer Mitstreiterin.

„Vor allem du", fügte er an und ließ den Blick wie zufällig an ihr hängen. Sira erwiderte seinen Blick, gelassen wie eine unbewegte Wasserfläche. „Wir sind nicht hier, um Erwartungen zu erfüllen", erwiderte sie ruhig.

Kian beobachtete die Szene, seine Hände noch immer leicht angespannt an den Seiten.

Ein Teil von ihm wollte eingreifen, wollte etwas sagen – doch er zwang sich zur Ruhe. Stattdessen trat er einen halben Schritt näher, ließ seinen Blick auf Daen ruhen. „Du scheinst ziemlich sicher zu sein, für jemanden, der andere ohne Warnung angreift", sagte Kian, die Worte ruhig, doch mit einem Hauch von Schärfe darunter.

Daen lachte leise. „Sicherheit ist relativ", meinte er und machte eine vage Geste um sich herum. „An einem Ort wie diesem? Misstrauen hält einen am Leben."

Er ging ein paar Schritte voraus, leichtfüßig, fast tanzend auf den Zehenspitzen, dann blieb er stehen, sah über die Schulter zurück. „Und ehrlich?“, sagte er mit einem schiefen Grinsen.

„Wenn ich bei euch stehen geblieben wäre und gefragt hätte, ob ihr freundlich seid, würdet ihr mich vielleicht nicht mehr angucken, sondern unter die Erde bringen. Oder schlimmer – in Velmora verlieren.“ Sira trat nun ebenfalls nach vorn, die Bewegung ruhig, beherrscht.

„Was weißt du überhaupt über diesen Ort?“, fragte sie. Daen zuckte mit den Schultern, als wäre das alles eine Nebensache. „Weniger, als ich gerne wüsste“, gab er zu.

„Ich bin vor ein paar Tagen... oder vielleicht Wochen hier angekommen. Zeit fühlt sich hier anders an.“ Sein Blick wurde für einen Moment ernster, fast schwer.

„Meron hat mich gefunden“, sagte Daen leiser.

„Er meinte, ich hätte das Potenzial. Was auch immer das genau heißen soll.“

Er schnaubte leise. „Hat mich hierhergebracht. Bis zu einem Tor. Danach musste ich allein weiter.“ Daens Gesicht verzog sich leicht, ein Schatten glitt über seine Züge – echt, nicht gespielt. „Keine Anweisungen. Keine Karte. Kein Willkommen. Nur diese... Stadt."

Er breitete die Arme aus, als wolle er die unendliche Weite von Velmora umarmen – oder verspotten. „Und jetzt... laufe ich herum, klopfe alles ab, was atmet oder sich bewegt, und hoffe, dass es mich nicht frisst." Kian musterte ihn.

Daen sprach die Wahrheit – oder war verdammt gut darin, sie zu verkörpern. Trotzdem blieb etwas in ihm wachsam. „Und deshalb greifst du alles an, was nicht bei drei auf den Bäumen ist?", fragte er mit scharfer Stimme. Daen grinste. „Nur das, was aussieht, als könnte es gefährlich werden." Er zwinkerte Sira zu. „Oder interessant."

Kians Kiefer spannte sich an. Nicht vor Wut. Aber da war diese Reibung – roh und ehrlich. Sira hob die Hand leicht, eine Geste, die mehr Wirkung hatte als tausend Worte.

„Genug", sagte sie ruhig, fast sanft. Ihr Blick glitt von Kian zu Daen – ein kurzer, präziser Schnitt.

„Hier draußen gibt es wichtigere Kämpfe als gegenseitiges Misstrauen."

Daen hob beide Hände, die Handflächen offen, als Zeichen des Friedens. „Alles gut. Kein Ärger von mir“, sagte er, doch in seinen Augen blitzte noch immer ein Funken.

„Habt ihr eigentlich auch Namen?“ fragte Daen. Bevor Kian antworten konnte, kam Sira ihm zuvor, mit gewohnter, ruhiger, aber irgendwie auch berechnender Art: „Ich bin Sira und das ist Kian. Wir sind ebenfalls neu hier.“ Langsam setzten sie sich wieder in Bewegung.

Kian lief auf der einen Seite, Sira in der Mitte, Daen ein paar Schritte voraus – eine Konstellation, die nichts Zufälliges hatte. Sie gingen durch den schmalen Gang, die nun stärker gewordenen Lichtadern an der Decke pulsierten im langsamen Rhythmus ihrer Schritte. Der Boden unter ihren Füßen schien tiefer zu atmen, als wäre Velmora selbst wach und aufmerksam.

Nach einer Weile war es Daen, der das Schweigen brach. „Ihr seid also auch Frischlinge“, stellte er fest, die Stimme wieder lockerer.

„Wie seid ihr reingekommen? Auch über Meron?“ Kian zögerte. Er wollte Daen nicht zu viel erzählen. Sira übernahm. „Wir hatten unseren eigenen Weg“, sagte sie ruhig, ohne Details.

Daen nickte, akzeptierte die Antwort, als wäre sie ihm ohnehin egal. Aber Kian sah das erneute Funkeln in seinen Augen. Er speicherte jede Regung, jede Pause und jedes unausgesprochene Wort. Er beschloss, weiterhin vorsichtig zu sein.

Velmora summte weiter, ein leiser Rhythmus, der in die Knochen kroch. Und irgendwo – tiefer im Inneren der Stadt – bewegte sich etwas auf sie zu. Etwas, das weder Namen noch Geduld hatte. Aber davon ahnten die drei unverhofften Gefährten noch nichts. Sie ahnten nicht, dass ihnen ihre erste richtige Herausforderung kurz bevorstand.

Drei Fremde, keine Freunde, aber auch keine Feinde – zumindest im Moment noch nicht.

Die Gänge veränderten sich. Unmerklich zuerst – ein leichtes Kippen der Luft, ein Flimmern in den Linien der Wände.

Dann deutlich: Der Boden wurde glatter, die Muster schärfer, ordentlicher.

Ein Übergang, der nicht aus Steinen bestand, sondern aus etwas, das aussah wie glattgestrichener Beton. „Spürt ihr das?“, fragte Sira leise.

Kian nickte. Ein Druck lag in der Luft, wie eine unsichtbare Hand auf seinem Rücken. Daen strich mit den Fingerspitzen an der Wand entlang. „Ich sag's ja“, murmelte er. „Wir laufen direkt in eine Einladung.“

Vor ihnen öffnete sich der Gang und offenbarte eine Tür – halb zerfallen, gehalten von dünnen Lichtfäden – führte in einen Raum, der älter wirkte als alles, was sie bisher gesehen hatten. Ein Hof, kreisrund, eingerahmt von Säulen, die mehr Schatten warfen als Schutz boten.

In der Mitte formten sich drei Stelen, jeweils von einem schwachen, pulsierenden Licht umhüllt. Sie traten vorsichtig näher. Die Symbole über den Stelen erschienen langsam, als hätte der Raum sie in ihrem Anblick geprüft. Über der ersten Stele: ein Kreis, durchzogen von einer schmalen Linie. Über der Zweiten: ein offenes Auge, dessen Pupille sich langsam drehte. Und über der dritten Stele: eine ausgestreckte Hand, in deren Zentrum eine kleine Spirale glühte.

Kian starrte auf die Zeichen.

Etwas daran war vertraut. Wie ein Name, den man fast vergessen hatte. Sira trat an die Stelen heran, betrachtete sie, ohne sie zu berühren. „Eine Prüfung“, sagte sie leise.

„Super“, murmelte Daen und trat gleich neben sie.

„Und wie funktioniert's? Wer am schnellsten drückt, gewinnt?“ Sira schüttelte den Kopf. „Wenn wir falsch handeln, wird der Raum sich gegen uns wenden.

Das ist keine Illusion mehr. Das hier... ist Velmoras Wille.“ Ein kaum wahrnehmbarer Laut ging durch den Raum. Kian spürte die Spannung auf seiner Haut. „Also?“ Daen warf ihm einen Seitenblick zu.

„Stein, Schere, Papier?“ „Ich spüre...“, begann Kian zögernd.

Er ging einen Schritt zur Stele mit der ausgestreckten Hand. Sofort spürte er ein Ziehen tief in seinem inneren, nicht negativ, sondern wie, wenn sich eine vertraute Verbindung aufbauen würde. Sira deutete auf das Auge. „Wissen“, sagte sie knapp.

Daen grinste. „Kreis. Bewegung. Klingt besser als hier Wurzeln zu schlagen.“ Einen Moment lang standen sie einfach da, unsicher.

Die Zeichen über den Stelen flackerten leicht, als würde Velmora ihre Unschlüssigkeit schmecken. „Vielleicht...“, begann Daen, ohne lange nachzudenken.

Und bevor jemand reagieren konnte, legte er seine Hand auf die Stele mit dem Kreis. Sofort veränderte sich die Luft. Die Linien an den Wänden zogen sich zusammen.

Der Boden vibrierte leicht. Ein tiefes Dröhnen ließ den Raum erbeben. Sira riss die Hand hoch. „Daen!“, zischte sie.

Kian fühlte, wie etwas Unsichtbares nach ihnen griff – nicht körperlich, sondern geistig. Ein Gefühl von Isolation durchzuckte ihn, das Gefühl, welches er jahrelang gespürt hatte. Die Lichtadern an der Decke begannen sich zu kräuseln, als würden sie gleich über ihnen wie eine Welle brechen. Der Raum atmete härter, schneller.

Daen fluchte, riss die Hand von der Stele zurück. „Scheiße!“, keuchte er. „Was habe ich getan?“ „Hab Geduld“, sagte Sira scharf, ihre Stimme schnitt durch die dicke Luft. Sie trat näher, hob langsam beide Hände – eine in Richtung des Auges, eine zur offenen Hand. „Es geht nicht um Schnelligkeit", sagte sie mit ruhiger Bestimmtheit. „Es geht darum, gemeinsam zu antworten."

Sie sah Kian an. Ein Blick – keine Worte. Kian nickte. Gemeinsam. Er trat zur offenen Hand, während Sira das Auge berührte. Daen – zögernd, die Schuld noch auf der Haut – legte die Hand auf den Kreis.

Diesmal – kein Ruck und kein Dröhnen, stattdessen erklang ein Laut, tief und beruhigend, wie ein Herzschlag, der zum ersten Mal gehört wird. Die drei Symbole begannen gleichzeitig zu pulsieren. Ihre Lichter verbanden sich über ihren Köpfen und formten ein neues Muster.

Ein schimmerndes Tor, das sich in der Luft spannte und langsam zu Boden senkte, während sich die Stelen im Boden zu versenken zu begannen.

Als das Tor den Boden berührte, veränderte sich das Raunen im Raum. Nicht zufrieden, aber akzeptierend. Im Tor webten die Lichtfäden eine

Flügeltür, die sich unmittelbar nach dem Erscheinen öffneten. Ein Weg führte tiefer, weiter hinein in Velmoras Herz. Die drei standen da und schauten sich an.

Für einen Moment waren sie nicht Fremde, keine Konkurrenten. Nur drei Stimmen, die in einer dunklen, uralten Stille miteinander geantwortet hatten. Velmora hatte es gehört und ließ sie weiterziehen.

Das Tor schloss sich hinter ihnen – lautlos, als hätte es nie existiert. Vor ihnen breitete sich ein Ort aus, der schwer zu greifen war. Eine weite Fläche, beinahe kreisrund, aber ohne klare Grenzen. Der Boden war von einer Farbe, die sich jeder Beschreibung entzog – irgendwo zwischen Aschgrau und blassem Violett, durchzogen von mehr oder weniger feinen Lichtadern.

Diese Lichtfäden pulsierten langsam, nicht im Takt von Zeit, sondern im Rhythmus von etwas Älterem. Etwas, das nicht starb, sondern erinnerte. Sie zogen sich wie flüssige Netze unter der Oberfläche, bildeten lose Muster – Spiralen, Risse, verzerrte Karten eines fremden Geistes. Manche Fäden waren dünn wie Haare, andere dick und schwer wie Wurzeln, und sie bewegten sich, schoben sich sanft unter dem Boden, als könnten sie sie fühlen. Über ihnen spannte sich kein Himmel, nur eine endlose, matte Fläche aus Grau, durchzogen von blassen Schlieren, als hätte ein unsichtbarer Maler seine Träume darüber ausgeschüttet.

Kein Licht kam von oben. Kein Schatten fiel auf den Boden.

Und doch war alles sichtbar – in einer seltsamen, traumartigen Klarheit, als würde die Welt selbst glühen. In der Ferne ragten zerbrochene Steinpfeiler auf, verdreht, zerfurcht von Rissen. Manche standen allein, andere lehnten sich wie müde Wächter gegeneinander. Ein feiner, schwerer Nebel schwebte über der Fläche, dämpfte jeden Laut, ließ Bewegungen langsamer erscheinen.

Hier, in dieser Lichtung, fühlte sich alles gleichzeitig offen und beklemmend an. Als würde die Welt sie ansehen – ohne Augen. Sie gingen vorsichtig weiter. Der Boden unter ihren Füßen war weich, federnd, als liefen sie über die Haut eines schlummernden Wesens. Ihre Schritte waren kaum hörbar – sie hörten mehr ihre eigenen Atemzüge als irgendwelche Geräusche. Schließlich, ohne sich abzusprechen, blieben sie stehen. Nicht aus Erschöpfung, sondern, weil der Ort es verlangte.

Daen war der Erste, der sich setzte. Er ließ sich auf einen flachen Felsen sinken, und streckte die Beine aus, als hätte er statt der pulsierenden

Leere ein Lagerfeuer erwartet. Sira blieb stehen, die Arme locker an den Seiten, aber ihre Haltung verriet etwas anderes, sie lauschte immer wieder und wirkte nach wie vor konzentriert. Kian hielt sich etwas abseits, er fühlte eine Unruhe, die ihm unbekannt war und die er nicht abschütteln konnte. Eine Weile sagten sie nichts.

Nur das sanfte Pulsieren der Lichtadern unter ihren Füßen begleitete sie, wie der langsame Herzschlag eines schlafenden Riesen.
„Komischer Ort für eine Pause“, murmelte Daen schließlich und ließ die Finger über die glatte, kühle Oberfläche des Bodens gleiten.

„Vielleicht ist es kein Ort“, antwortete Sira leise. „Vielleicht ist es ein Zustand.“ Daen grinste schief. „Prima. Ich habe mich schon immer gefragt, wie sich ein schlafendes Magenknurren einer Stadt anfühlt.“ Sein Witz verpuffte ohne Reaktion im Nebel.

Doch sein Lächeln blieb trotzdem. „Bevor wir uns wieder an die Gurgel gehen“, fügte er hinzu und sah kurz zu Kian, dann zu Sira,

„wie wäre es mit ein bisschen Konversation?“

Sein Blick blieb an Sira hängen. Kein offener Flirt. Aber eine Einladung. Vorsichtig, tastend. Sira erwiderte den Blick ruhig. Und für einen winzigen Moment – kaum mehr als ein Atemzug – lächelte sie. Kians Magen zog sich zusammen. Es war keine Eifersucht, zumindest nicht direkt, sondern er spürte für den Hauch eines Moments puren Hass in sich aufsteigen. Bevor es jemand bemerkte, kämpfte er das Gefühl schnell wieder runter – dachte er zumindest. Daen sah ihn interessiert an und seinem Gesichtsausdruck nach genoss er es in vollen Zügen.

Kian erwiderte seinen Blick, sagte jedoch nichts. „Also", sagte Daen gedehnt.

„Was wollt ihr wissen?" „Alles", antwortete Sira ruhig, fast freundlich.

Daen lachte leise. „Alles ist eine verdammt große Bestellung." Er stand kurz von seinem Felsen auf und legte sich daneben auf den Rücken, verschränkte die Hände hinter dem Kopf und starrte in den lichtlosen, mit Schlieren verhangenen Himmel. „Ich bin kein Held oder so", begann er. Seine Stimme wurde leiser, ernster.

„Ich bin der, der übrig blieb, als alle anderen nach und nach verschwanden." Er ließ die Worte kurz hängen. „Entweder sind sie weggezogen, um woanders neu anzufangen oder sind im Gefängnis gelandet. Er zeigte keine Spur von Selbstmitleid, geschweige denn von Mitleid, es klang einfach nur wie eine Tatsache.

„Geboren irgendwo, wo Namen nichts zählen", fuhr er fort. „Groß geworden zwischen rostigen Hallen, Wohnwagensiedlungen und leeren Straßen, in denen nur die Stärke zählt." Er lachte kurz auf. „Überlebt habe ich nur durch Schnelligkeit, nicht durch Stärke". Er drehte einen kleinen Stein zwischen den Fingern.

„Ich habe gelogen, gestohlen, gedealt. Nicht aus Boshaftigkeit, sondern aus Hunger und in der Hoffnung, irgendwann rauszukommen. Ein kurzes, atemloses Lachen. „Und dann kam Meron."

Ein Hauch Ehrfurcht schwang in seinem Ton. „Er hat mich gesehen. Nicht das, was ich tat. Sondern das, was ich bin. Und dann hat er mich hierhergeführt."

Daen schwieg. Lange genug, dass die Lichtadern unter ihnen zu zittern begannen, als würden sie den Rhythmus seiner Erinnerungen spüren. Kian starrte auf den Boden. Er spürte die Wahrheit in

Daens Worten. Aber er spürte auch, was ungesagt blieb. Und er sah, wie Sira Daen ansah.

Etwas kaltes, Schweres legte sich in seinen Magen. Er zwang sich, ruhig zu bleiben. „Und du?“, fragte Daen, während er sich aufrichtete, plötzlich an Kian gerichtet.

„Wo kommst du her, goldener Junge?“

Kian erwiderte den Blick. Sein Herz schlug schneller, aber seine Stimme war ruhig.

„Ich komme aus einer Welt, die mich nie wollte“, sagte er. „Und jetzt... komme ich von dort, weil ich hier scheinbar gebraucht werde.“

Sein Blick blieb hart. Unerschütterlich. Daen grinste nur.

Respekt oder Belustigung, vielleicht auch beides, Kian konnte es nicht zuordnen.

„Gefällt mir“, sagte er. Und für einen Moment – einen einzigen Moment – war da so etwas wie Anerkennung zwischen ihnen.

Dann brach Daen die Spannung, ließ sich wieder auf den Rücken fallen. „Übrigens“, sagte er, „Mir fällt auf, dass ich keinen Hunger habe und auch keinen Durst. Und ich habe absolut keine Ahnung, wie lange ich schon hier bin."

Kian blinzelte. Jetzt, wo er es sagte – es stimmte. Sein Körper fühlte sich weder schwach noch hungrig an.

Sira nickte. „Velmora hält uns am Leben", sagte sie ruhig. „Aber nicht aus Freundlichkeit."
„Super", murmelte Daen. „Also kein Frühstück, kein leckeres Mittagessen und das Bier fällt dann wohl auch weg." Er lächelte wieder leicht, aber Kian hörte den bitteren Unterton.

Plötzlich richtete er sich halb auf dem Boden auf, stützte die Ellbogen hinter sich ab und warf Sira einen schiefen Blick zu. "Also, wir wissen jetzt, dass Goldjunge hier", er nickte in Kians Richtung, "aus der Kategorie 'verloren und gebraucht' stammt."

Sein Blick glitt zur Seite, spähte durch den Nebel, bevor er sich wieder auf Sira fokussierte. "Aber du? Du hast uns noch nicht verraten, was dich hergebracht hat."

Seine Stimme war locker, doch dahinter lauerte Neugier, schneidend und nicht leicht abzuschütteln. Kian hob den Kopf. Auch er sah

Sira an. Er fragte nicht laut, aber sein Blick stellte dieselbe Frage.

Sira blieb eine Weile stumm. Die Lichtadern unter ihren Füßen pulsierten in langsamem Takt, als wollten sie die Stille dehnen, auskosten. Dann atmete sie tief durch. „Ich war nie irgendwo zu Hause“, begann sie schließlich.

Ihre Stimme war kaum mehr als ein Hauch, getragen von etwas, dass älter wirkte als sie selbst. „Nicht bei den Menschen, nicht bei den Orten.“

Sie hob eine Hand, ließ die Finger sacht durch den Nebel streifen. „Manche werden geboren, um etwas zu bewahren. Andere, um etwas zu suchen. Ich wurde geboren, um zu erinnern.“

Daen runzelte leicht die Stirn, sagte aber nichts. „Schon als Kind habe ich Dinge gespürt, die nicht hierhergehörten“, fuhr Sira fort. „Stimmen in leeren Räumen. Schatten, die keine Körper hatten. Orte, die mich kannten, noch bevor ich sie betreten habe.“

Ein leises Zittern lief durch ihre Worte, kaum merklich. „Meine Eltern haben es ignoriert. Haben versucht, es weg zu erziehen.“ Ein kurzes, humorloses Lächeln zuckte über ihre Lippen.

„Man kann nicht weg erziehen, was man nicht versteht."

Kian beobachtete sie. Jede ihrer Bewegungen war so kontrolliert – und doch war sie in diesem Moment durchscheinender als je zuvor. „Als ich älter wurde, begann ich zu träumen", sagte sie.

„Von Velmora. Von dieser Stadt. Von Wegen, die ich noch nicht gegangen war."

Sie sah auf, direkt zu Kian, dann zu Daen.

„Ich wusste, dass irgendwann etwas passieren würde. Aber ich wusste nie was genau, bis ich wie ihr gerufen wurde. Den Grund weiß ich allerdings auch jetzt noch nicht." „Jetzt weiß ich nur, dass ich nicht mehr weglaufe."

Für einen Moment war es, als hielte sogar der Nebel den Atem an. Kian trat einen halben Schritt näher. Er sagte nichts.

Aber er spürte es: Die Leere, die Sira in sich trug, war nicht aus Kälte geboren – sondern aus Verlust. Aus Erinnerungen, die so alt waren, dass sie keine Worte mehr hatten.

Daen nickte langsam, fast respektvoll.

„Nicht weglaufen“, wiederholte er. „Das ist mehr Mut, als die meisten aufbringen.“ Sira zuckte kaum merklich die Schultern.

„Manchmal“, sagte sie, „ist stehenbleiben das Schwerste.“

Daen und Kian nickten verständnisvoll. Nach kurzem Schweigen fragte Daen, diesmal direkt an Sira gerichtet: „Und was kannst du?“

Seine Stimme klang neugierig, fast herausfordernd.

„Wir haben gesehen, was Kian draufhat. Jetzt bist du dran.“ Sira schwieg.

Ihr Blick senkte sich auf die pulsierenden Lichtadern unter ihren Füßen, als suchte sie die Worte zwischen den Linien.

Kian merkte, wie sich etwas in ihr straffte – kein Widerstand, sondern eine tiefe Vorsicht, wie jemand, der seine Karten nicht leichtfertig aufdeckte.

Schließlich hob sie langsam den Kopf. „Ich sehe, was war“, sagte sie leise.

„Wenn ich einen Gegenstand berühre. Einen Ort. Manchmal... einen Menschen.“

Ihre Stimme war ruhig, aber es lag etwas in ihr, das Kian nicht benennen konnte.

Etwas, das mehr war als Scham oder Stolz.

Daen grinste. „Dann zeig mal."

Er machte eine vage Geste auf den Boden oder irgendeinen der Felsen, als sei die ganze Welt eine Bühne für ihre Gabe. Sira blieb noch einen Herzschlag lang still, dann antwortete sie ruhig:

„Normalerweise kann nur ich sehen, was sich zeigt." Für einen Moment flackerte Unsicherheit in ihrem Blick.

Ein kaum wahrnehmbares Stocken in der Stimme.

Ihr Blick glitt zu Kian – nur eine flüchtige Bewegung, und doch war sie für ihn deutlich erkennbar.

Denn Kian und Sira wussten: Kian konnte sehen, was sie sah, wenn sie etwas berührte.

Daen spürte dies, er richtete sich minimal auf und hob die Augenbrauen leicht an, schwieg aber und fragte nicht genauer nach. Noch nicht. Schließlich schob er die Hände in die Taschen und zuckte mit den Schultern, als wäre alles nur ein harmloses Spiel. „Also“, sagte Kian schließlich, seine Stimme ruhig, aber mit einer unterschwelligen Schärfe, „was kannst du?“

Daen blinzelte unschuldig.

„Ich? Ich bin charmant, gutaussehend und ziemlich schnell auf den Beinen.“ Sira hob eine Augenbraue, ohne ein Wort zu verlieren.

Daen grinste, doch unter dem Scherz schimmerte ein Hauch von Unsicherheit auf.

Er senkte den Blick für einen Moment, scharrte mit der Stiefelspitze leicht über den Boden, als müsste er einen Punkt finden, an dem er seine Worte verankern konnte.

„Ich kann Stimmungen beeinflussen“, sagte er schließlich.

Seine Stimme war leiser geworden, beinahe vorsichtig. „Manchmal kann ich Leute beruhigen. Manchmal... kann ich sie nervös machen. Oder wütend.“

Er hob den Blick, seine Augen blitzten kurz im Zwielicht.

„Aber es passiert nicht immer, wenn ich es will." Kian spürte, wie sich in seinem Inneren eine leise Alarmbereitschaft regte.

Er spürte, dass Daen gefährlicher sein konnte, als er wirkte.

Sira betrachtete ihn mit einem Ausdruck, den Kian nicht genau deuten konnte. Es war kein Misstrauen, aber auch kein Vertrauen. Eher Wachsamkeit und ein Hauch von Vorsicht. „Also Manipulation", sagte Kian ruhig. Daen lachte leise. „Nenn es, wie du willst. Ich nenne es Improvisation."

Für einen Moment war es still. Nur das sanfte Pulsieren der Lichtadern unter ihren Füßen antwortete, ein leises, stetiges Flüstern aus einer Welt, die viel älter war als sie alle. Kian und Sira sagten nichts. Aber das Band zwischen ihnen, so flüchtig es auch war, hatte sich verändert.

Sie kannten nun die Gaben, die sie verbanden. Und die, die sie trennen könnten. Ohne ein weiteres Wort standen sie auf. Es war erneut ein stilles Einvernehmen, geboren nicht aus Vertrauen, sondern aus Notwendigkeit. Velmora würde keinen von ihnen schonen – und vielleicht war genau dass ihre erste gemeinsame Wahrheit.

Sira ging voraus, den Blick wachsam auf die pulsierenden Lichtadern gerichtet. Daen folgte ihr, die Hände locker in den Taschen, aber seine Augen blieben nie lange an einem Punkt stehen.

Kian setzte sich in Bewegung, leicht versetzt hinter ihnen. Er dachte nach: Jeder von ihnen trug etwas, das ihn einzigartig machte. Sira mit ihrer Gabe, das Vergangene zu lesen. Daen – mit seiner Fähigkeit, die Gefühle anderer zu kippen. Und er selbst ein Kaerith. Das, was sich nicht brechen ließ. Aber wieso hatte er eine zweite Gabe, wieso konnte er sehen, was Sira sah? Oder verschwiegen die beiden weitere Gaben von sich? Mit einem unguten Gefühl beeilte er sich, zu den beiden wieder aufzuschließen.

Über ihnen zog der lichtlose Himmel weiterhin dünne Schlieren, unter ihren Füßen pochte das Herz von Velmora.

Kapitel 13: Der Name im Nebel

Der Weg vor ihnen wurde schmaler.

Nicht in der Breite, sondern in der Wahrnehmung. Die Lichtadern am Boden verdichteten sich, als wollten sie etwas verbergen, statt den Weg zu weisen. Der Nebel, der zuvor noch in losen Schlieren über der Fläche gelegen hatte, begann sich zu sammeln – zu formen. Wie Gedanken, die zu lange unbeachtet blieben.

Sira ging vorne. Ihre Schritte waren langsam, nicht zögerlich, sondern suchend. Wie jemand, der wusste, dass der Boden unter ihren Füßen mehr wusste als sie selbst. Kian folgte ihr, seine Iris kribbelte, als würde das Zeichen darin sich wieder rühren – nicht sichtbar für die anderen, aber deutlich für ihn. Wie ein inneres Flüstern, das in Licht übersetzt wurde. Und Daen? Der trottete hinter ihnen her, wie immer zwischen Leichtsinn und gespannter Wachsamkeit, die er hinter einem flapsigen Grinsen verbarg.

„Es fühlt sich an, als würde uns jemand zuhören“, murmelte Kian, mehr zu sich selbst als zu den anderen.

Sira blieb stehen, drehte sich halb zu ihm um. „Nicht zuhören", sagte sie. „Zusehen."

Kian runzelte die Stirn. „Wer?"

Sie antwortete nicht sofort. Stattdessen zeigte sie mit zwei Fingern auf eine der Lichtadern unter ihren Füßen. Dort, kaum sichtbar, flackerte ein Zeichen auf. Kein Symbol, kein Buchstabe – eher ein Fragment, wie eine Erinnerung, die kurz aufleuchtete und dann wieder verschwand.

„Velmora beobachtet uns nicht wie ein Wesen", sagte sie leise. „Sondern wie ein Ort, der sich erinnert, wer in ihm geht."

Daen schnaubte leise. „Ich kann mit Überwachung leben. Solange sie keine Steuern verlangt."

Sira ignorierte ihn.

Sie gingen weiter – und plötzlich veränderte sich alles.

Die Lichtadern zogen sich abrupt zurück, wie scheu gewordene Tiere. Der Nebel wurde dichter, nicht feucht, sondern trocken – ein Nebel aus Staub und Vergessenem.

Und dann standen sie vor einem Spalt.

Keine Tür. Kein Tor. Sondern ein Riss. Im Boden. In der Wand. In der Welt.

Er sah nicht tief aus. Irgendetwas ließ Kian fühlen, dass er nicht nach unten führte – sondern nach innen.

„Das ist... nicht natürlich", flüsterte er.

„Nichts in Velmora ist das", antwortete Sira.

Der Spalt begann zu pulsieren. Ganz langsam, wie ein Atem. Und mit jedem Puls wurde das Gefühl unter Kians Haut stärker – ein Ziehen, ein Flüstern, ein Echo, das kein Geräusch war. Es kam nicht von außen. Sondern aus dem Teil in ihm, den er bisher nur selten berührt hatte.

Daen trat näher, beugte sich vor, pfiff leise. „Wenn da unten ein Monster auf uns wartet, hoffe ich, es hat Tischmanieren."

„Das ist kein Ort für Witze", sagte Sira scharf.

„Gerade deshalb", erwiderte Daen. „Witze halten mich davon ab, durchzudrehen."

Kian schwieg. Er konnte ihn verstehen. Aber seine Aufmerksamkeit lag auf dem Spalt. Da war etwas. Kein Geräusch, kein Bild – sondern ein

Name, der sich in sein Inneres brannte, obwohl er ihn nie gehört hatte.

Kaemir.

Er wusste nicht, wer oder was das war.

Aber er wusste: Es wartete auf ihn.

Kian trat näher an den Spalt heran.

Der Nebel, der sich an den Rändern gesammelt hatte, zuckte kurz zurück, als würde er ihn einlassen – oder prüfen. Ein Puls durchlief den Boden, kaum mehr als ein Zittern, und in diesem Moment spürte Kian es wieder: das Flackern in seiner Iris. Kein Licht. Kein Feuer. Sondern ein Impuls, wie eine Erinnerung, die sich wehrte, vergessen zu werden.

Er drehte den Kopf leicht, warf einen Blick zu Sira. Ihre Augen waren auf den Spalt gerichtet, aber sie wirkte angespannt. Anders als zuvor. Nicht ängstlich – eher wie jemand, der weiß, dass Worte hier nichts wiegen.

Daen stand mit verschränkten Armen etwas abseits, sein Blick ruhte auf der sich öffnenden Dunkelheit vor ihnen, und doch war seine Haltung nicht wirklich gelöst. Mehr ein Zucken, ein unterdrückter Reflex, als würde er sich selbst verbieten, nervös zu wirken.

„Ich geh zuerst", sagte Kian. Seine Stimme war fester, als er erwartet hatte.

Sira sah ihn an. Ihre Miene blieb regungslos, aber ihr Blick sagte alles. Ein kurzes, fast unmerklicher Nicken – kein Einverständnis, eher ein Verstehen.

Kian senkte den Kopf leicht und trat in den Spalt.

Die Dunkelheit war nicht vollkommen. Sie war... durchlässig. Schicht um Schicht flackerte an ihm vorbei – als würde er durch Erinnerungen gehen, die nicht seine waren. Namen, Bilder, Geräusche, die kaum geboren und schon wieder verflogen waren. Eine Stimme, die ein Gebet sprach. Eine andere, die schrie. Dann Stille. Viel Stille.

Seine Schritte hallten nicht.

Der Boden war fest, aber weich. Er konnte ihn nicht sehen – und doch wusste er, wo er trat. Seine Sinne waren geschärft. Nicht äußerlich. Innerlich.

Nach wenigen Sekunden – oder Minuten? – weiteten sich die Schatten vor ihm. Der Gang öffnete sich.

Ein Raum lag vor ihm. Rund, hoch, durchzogen von Wurzelsträngen aus Licht, die sich wie feine Adern an den Wänden entlangzogen. Sie pulsierten im Rhythmus... ja, seines Herzschlags. Es dauerte einen Moment, bis er begriff, dass sie sich seinem Körper angepasst hatten.

Sira und Daen traten hinter ihm aus der Öffnung.

Sira blieb sofort stehen. Ihre Augen verengten sich, der Blick wanderte suchend über die Wände. Dann schloss sie kurz die Augen. „Das ist kein Prüfungsraum“, sagte sie leise. „Das hier ist... alt.“

Daen trat neben sie. „Wie alt ist alt?“

„Vor-Velmora-alt“, erwiderte sie.

Kians Innerstes begann sich zu regen. Kein Schmerz. Keine Angst. Eher... ein Ziehen. Eine Sogwirkung, als würde ein Teil von ihm nach vorne wollen – während der Rest noch zögerte.

In der Mitte des Raumes stand ein Podest. Flach, aus dunklem Gestein, das im Licht der Adern nicht leuchtete, sondern es zu verschlucken schien. Darüber schwebte ein Objekt – klein, beinahe unscheinbar: eine Art Kristallfragment, unförmig, aber von einer inneren Bewegung durchzogen, als würde es atmen.

Kian trat näher.

Mit jedem Schritt spürte er mehr. Nicht Gedanken – sondern Rückstände. Emotionen, die nicht mehr wussten, wem sie gehörten. Wut. Einsamkeit. Hoffnung. Schuld.

Als er vor dem Podest stand, flackerte seine Iris auf. Ein kurzes Aufblitzen – dann war es wieder still.

„Was ist das?“, fragte er.

Sira trat langsam näher. Ihre Finger bewegten sich in der Luft, als würde sie Fäden greifen, die niemand sehen konnte. „Ich weiß es nicht“, sagte sie. „Aber ich glaube... es gehört zu jemandem.“

„Oder zu etwas“, murmelte Daen. Er ging um das Podest herum, vorsichtig, aber nicht ängstlich. Sein Blick war nachdenklich. Für einen Moment wirkte er weniger provokant – eher verloren.

Kian streckte die Hand aus – und hielt inne.

Das Fragment vibrierte leicht, als würde es seine Nähe spüren. Es war kein Gegenstand im klassischen Sinn. Kein Relikt. Sondern ein Träger.

Ein Echo. Und es wollte erinnert werden.

„Was, wenn das hier nicht für uns ist?", fragte Kian leise.

„Dann wird es sich nicht öffnen", sagte Sira. Ihre Stimme war ruhig, aber nicht leer. Sie hatte etwas von Respekt.

Kian ließ die Fingerspitzen näher gleiten – und im Moment der Berührung...brach die Welt auf.

Nicht um ihn herum, sondern mitten in ihm.

Kian fiel – nicht körperlich, sondern tiefer. Durch Schichten von Licht und Erinnerung. Farben rissen an ihm vorbei, zu grell, um sie zu benennen. Klänge ohne Ursprung drangen in ihn ein – Stimmen, die weder flüsterten noch schrien, sondern sagten, mit einer Direktheit, die wehtat.

Sein Herz schlug schneller. Oder langsamer. Oder gar nicht mehr.

Er sah ein Meer, schwarz wie Ölschlamm, auf dem goldenes Licht flackerte – nicht als

Spiegelung, sondern als Riss. Am Horizont: Türme aus Stein, zu groß für den Verstand, zu still für die Welt. Zwischen ihnen: etwas, das sich bewegte. Schlank. Aufrecht. Von Umrissen, die flackerten wie Erinnerung. Es war keine Gestalt. Kein Mensch. Kein Tier.

Aber es war er.

Kian wusste es – ohne zu wissen, woher.

Kaemir.

Der Name brannte sich in ihn, wie ein Brandzeichen aus Licht. Er hörte ihn nicht. Er war ihn.

Und plötzlich war er nicht mehr Zuschauer. Sondern Teil.

Er stand auf schwarzem Boden, barfuß, der Untergrund warm wie lebendige Erde. Der Himmel über ihm war nicht da – nur Leere, durchzogen von dünnen, pulsierenden Linien wie Adern eines schlafenden Wesens.

Vor ihm, keine fünf Schritte entfernt, stand eine zweite Gestalt. Groß. Hager. In goldschwarzer Robe. Die Kapuze verdeckte das Gesicht – doch die Präsenz war eindeutig. Sie trug seine Bewegungen. Seine Stille. Sein Zweifel. Und dennoch – sie war älter. Tiefer. Wie eine Erinnerung, die ein eigenes Bewusstsein entwickelt hatte.

Kian öffnete den Mund, doch seine Stimme kam nicht aus dem Hals, sondern aus der Luft.

„Bist du... ich?"

Die Gestalt hob den Kopf. Die Kapuze glitt zurück.

Ein Gesicht. Sein Gesicht. Und doch nicht.

Die Augen waren vollkommen schwarz – ohne Aggression, ohne Wärme. Nur Tiefe. Und in der Tiefe: Goldene Linien. Wie in seiner Iris. Nur vollständiger. Vollendet.

„Ich war du, bevor du vergessen hast", sagte die Gestalt. Ihre Stimme war Kians – verzerrt durch Zeit und Staub.

„Was… bist du?" flüsterte er.

„Ein Echo. Ein Fragment. Eine Erinnerung. Und vielleicht mehr."

„Kaemir."

Der Name fiel wie ein Stein in ein stilles Wasser. Die Welt um sie herum flackerte – als würde allein das Aussprechen Raum verändern.

Die Gestalt neigte den Kopf leicht.

„Du sprichst ihn aus. Und doch weißt du nicht, was du sagst."

Kian trat einen Schritt näher. Das Flackern in seiner Iris verstärkte sich – er fühlte, wie das Zeichen dort mit den goldenen Linien des Fremden zu kommunizieren begann. Kein Schmerz. Kein Licht. Nur Verbindung.

„Warst du... ein Kaerith?"

„Ich war der Erste." Die Antwort war ruhig. Schwer. Ohne Stolz.

„Der Erste, der nicht zerbrach, als die Welt versank. Der Erste, der vergaß, um andere zu erinnern."

Kian fühlte, wie sich etwas in ihm schloss – oder öffnete. Sein Atem wurde flach. Die Welt zitterte.

„Warum sehe ich dich jetzt?"

„Weil du bereit bist, den Namen zu tragen. Nicht als Titel. Nicht als Macht. Sondern als Schuld."

„Schuld?“

Kaemir – oder das, was ihn trug – trat näher.

„Wer heilt, nimmt nicht nur Wunden. Er trägt sie. Auch die fremden.“

Er legte Kian zwei Finger auf die Stirn. Für einen Moment wurde es still.

Dann sah Kian es.

Flammen. Eine Stadt. Stimmen. Kinder, die schrien. Eine Entscheidung – seine? Nein. Und doch ja. Ein Moment, in dem Kaemir nicht eingegriffen hatte. Und etwas verloren ging.

„Ich wollte retten“, sagte die Stimme.

„Aber Erinnerung ist nicht Rettung. Sie ist Last.“

Die Welt zerbrach.

Kian riss die Hand zurück. Das Fragment – reglos. Der Raum – still. Kein Klang.

Nur seine Brust, die hob und senkte sich, als wäre er einen Marathon gelaufen.

Sira war bei ihm. Eine Hand auf seiner Schulter. Ihre Augen voller Fragen, doch sie sprach nicht.

Daen stand etwas abseits. Seine Stirn war gerunzelt, aber sein Blick... war wach. Wacher als sonst.

„Was hast du gesehen?“ fragte Sira leise.

Kian schüttelte langsam den Kopf.

„Nicht was“, flüsterte er. „Wen.“

Er sah sie an.

„Ich habe... mich gesehen. Oder das, was aus mir werden könnte. Kaemir.“

Ein Zittern durchlief seine Stimme. Kein Zeichen von Schwäche. Sondern von Gewicht.

„Und ich glaube... ich bin nicht der Erste.“

Kian stand noch immer am Podest, der Blick auf das nun reglose Fragment gerichtet. In seinem Inneren wirbelte alles – nicht wie ein Sturm, sondern wie die Stille danach. Die Art von Stille, die nicht leer ist, sondern zu viel trägt.

Sira trat näher, langsam, als würde sie ihn nicht stören, sondern begleiten. Ihre Stimme war kaum mehr als ein Hauch.

„Du hast gesprochen, als wärst du jemand anderes."

Kian antwortete nicht sofort. Er musste sich selbst erst wieder spüren, den Boden unter seinen Füßen, das Gewicht seiner Arme, die Schwere seines Blicks.

„Vielleicht war ich das auch", sagte er schließlich. „Oder... vielleicht war ich jemand, der ich noch werden könnte."

Daen lehnte sich gegen die Wand, die Arme verschränkt, das Gesicht eine Maske aus Skepsis und Verteidigung. Doch in seinem Blick flackerte etwas – keine Angst, sondern Misstrauen.

„Oder jemand, der sich einfach zu wichtig nimmt“, murmelte er.

Kian drehte sich langsam zu ihm um. „Was meinst du damit?“

Daen hob leicht die Schultern, ein übertrieben lässiger Gestus, der nicht zu seinem Tonfall passte.

„Du redest von Namen, die sich in dich brennen, von Erinnerungen, die nicht deine sind. Mag sein. Aber das hier ist Velmora. Jeder sieht hier Dinge, die ihn überfordern.“

Er stieß sich von der Wand ab und ging ein paar Schritte im Raum umher.

„Vielleicht war das da nur ein Trick. Eine Prüfung. Und du steigst drauf ein wie ein Kind, das seine erste Geschichte erzählt.“

Kians Blick wurde schmal.

„Ich habe nichts davon verlangt. Ich habe nichts davon genossen. Ich habe es... gespürt. Und wenn du das nicht verstehst, dann—“

„Dann was?“ Daens Stimme schnitt. „Dann bin ich kein Teil von dem, was du da in dir trägst?“

Sira trat dazwischen, wortlos, aber mit einer Klarheit in ihrer Bewegung, die reichte. Sie stellte sich nicht zwischen die beiden – sie verband sie durch ihre Präsenz.

„Genug", sagte sie ruhig.

Beide schwiegen. Für einen Moment schien der Raum selbst den Atem anzuhalten.

„Kian hat etwas gesehen, das ihn erschüttert hat. Das verdient Respekt, nicht Spott. Und du, Daen—" sie sah ihn an, nicht hart, aber klar, „— du hast recht, wenn du fragst. Aber du verkennst das, was hier geschieht, wenn du nur durch Misstrauen gehst."

Daen verzog den Mund. Vielleicht aus Trotz, vielleicht aus Widerstand gegen die Wirkung ihrer Worte. Doch er schwieg.

Sira wandte sich wieder Kian zu.

„Wer oder was Kaemir war – das lässt sich nicht in diesem Raum klären. Aber dass du ihn gespürt hast, ist nicht ohne Bedeutung."

Kian nickte langsam. Der Zorn in ihm war nicht verschwunden, aber er wich zurück – nicht in Vergessenheit, sondern in Beobachtung.

„Ich wollte nur verstehen", sagte er. „Und ich glaube... ich habe mehr Fragen bekommen, als ich Antworten wollte."

Sira lächelte schwach. „Dann bist du auf dem richtigen Weg."

Ein leiser Laut erfüllte den Raum – kein Klang im eigentlichen Sinn, sondern ein Druckwechsel, ein kaum wahrnehmbares Anziehen der Luft. Die Lichtadern in den Wänden begannen wieder zu pulsieren. Anders. Tiefer. Als würden sie nach etwas Neuem suchen.

Sira stand noch immer nahe bei Kian. Ihre Finger ruhten leicht an seinem Arm, als müsste sie sich vergewissern, dass er noch da war – körperlich wie geistig. Doch als sie ihn ansah, spürte sie: Er war weiter weg, als es seine Nähe vermuten ließ. Das Echo von Kaemir hallte noch in ihm nach.

Sie ließ die Hand sinken.

„Die Kammer ist nicht fertig mit uns", sagte sie leise – nicht zu Kian, nicht zu Daen, sondern zu etwas, das sie hörte, aber nicht sah.

Daen hob fragend den Kopf. „Noch jemand, der in Trance fällt?"

Sira antwortete nicht. Ihre Augen hatten sich verändert – nicht erschrocken, nicht entrückt. Sondern aufmerksam. Wie jemand, der einen Ruf hörte, den andere nicht hören können.

Der Raum reagierte.

Die Linien im Boden verlagerten sich. Kein Beben, kein Bruch – nur ein leichtes Verschieben, wie das Nachgeben von Haut. Ein Kreis aus Licht zeichnete sich um Siras Füße. Pulsierend. Wartend.

„Sira", sagte Kian, jetzt wacher, „du musst nicht—"

„Doch", unterbrach sie ihn ruhig. Sie sah ihn an, und in diesem Blick lag keine Trotzreaktion. Keine Pflicht. Nur Klarheit.

„Der Raum verlangt von jedem etwas. Dies ist... meine Erinnerung."

Daen runzelte die Stirn, sagte aber nichts. Vielleicht war er klüger geworden. Oder vielleicht wollte er einfach sehen, ob auch Sira etwas zu verlieren hatte.

Sira schloss die Augen.

Ein Atemzug. Tief. Langsam. Dann trat sie in den Kreis.

Die Lichtadern um sie herum begannen sich zu verändern – ihre Farbe wurde wärmer, rötlicher, wie Sonnenlicht in staubiger Luft. Der Raum verdichtete sich. Wurde nicht kleiner, aber näher. Die Schatten atmeten. Der Nebel bewegte sich jetzt um sie, als wäre sie der Mittelpunkt einer langsam sich drehenden Welt.

Kians und Daens Stimmen verstummten. Auch die Luft schwieg. Nur Sira war noch übrig – aufrecht, ruhig, das Gesicht leicht in den Nacken gelegt, als würde sie auf Regen warten, der nie fiel.

Und dann geschah es:

Die Wand vor ihr begann sich zu lösen. Wie eine Membran, die einem alten Gedanken nachgab.

Und dahinter: ein Ort.

Nicht fremd. Zu vertraut.

Ein Kinderzimmer. Alt. Dunkel. In den Ecken: Schatten, die nicht ganz stimmten.

Ein Stuhl, auf dem niemand saß.

Ein Fenster, das offen war, obwohl es Nacht war.

Und auf dem Boden: eine kleine, zusammengerollte Gestalt – blass, die Knie an die Brust gezogen, die Haare wirr, das Gesicht verborgen.

Sira ging einen Schritt auf das Bild zu. Ihre Hände zitterten nicht. Aber ihre Atmung veränderte sich – flacher, schneller. Nicht aus Angst. Aus Nähe.

„Nicht jetzt“, flüsterte sie. „Nicht wieder.“

Doch die Welt antwortete nicht. Sie zeigte nur.

Das Mädchen hob den Kopf – langsam, als müsste es sich durch eine zähe Schicht aus Jahren und Schweigen hindurcharbeiten. Die Augen waren groß, zu groß für das schmale Gesicht. Die Haut: bleich, fast grau. Der Blick: leer und doch brennend.

Sira erkannte sich sofort.

Nicht weil das Gesicht exakt ihres war. Sondern wegen des Ausdrucks.

Dieses Schweigen.

Diese Art, in der Welt zu sein, ohne Teil von ihr zu sein.

Die kleine Sira hatte ihre Beine eng an die Brust gezogen, die Stirn daraufgelegt. Doch jetzt, da sie aufsah, traf ihr Blick sie mit einer Kraft, die keine Worte brauchte. Kein Zorn. Keine Angst.

Nur eine Frage.

Warum hast du mich zurückgelassen?

Sira blieb stehen, nur ein paar Schritte entfernt, aber sie fühlte jeden davon. Es war nicht weit. Und doch war es der längste Weg, den sie je gegangen war.

„Du solltest nicht hier sein", flüsterte sie.

Die kleine Version von ihr antwortete nicht. Sie blinzelte einmal. Langsam. Als müsste sie verarbeiten, dass sie wirklich gesehen wurde.

Sira wollte zurückweichen. Ihre Füße blieben fest verankert im Lichtkreis, der sie umgab. Nicht gefesselt – gebunden durch das, was sie selbst nie gelöst hatte.

„Ich war ein Kind", sagte sie leise. „Ich hatte Angst. Ich habe getan, was ich tun musste, um... zu funktionieren."

Die Kleine stand langsam auf. Bewegte sich nicht bedrohlich – nur mit jener schmerzhaften

Entschlossenheit, die Kinder entwickeln, wenn sie zu früh lernen, dass niemand kommt, wenn sie rufen.

„Ich weiß“, sagte sie.

Die Stimme war leise, aber klar. Und sie klang nicht wie ein Kind. Sie klang wie alle Jahre, die Sira mit ihr verbracht – oder gegen sie gelebt hatte.

„Du hast gelernt zu schweigen“, sagte die Kleine.

Sira nickte. „Weil Reden wehgetan hat.“

„Und zu kontrollieren.“

„Weil nichts anderes geblieben ist.“

„Und zu vergessen.“

Sira schluckte. Ihre Kehle brannte. „Weil erinnern... zu viel war.“

Die Kleine trat näher. Ihre Hand streckte sich aus – nicht wie ein Angriff. Wie ein Angebot. Eine Brücke. Kein Licht leuchtete auf, keine Welle brach. Nur das Klopfen in Siras Brust wurde stärker.

„Ich war du, bevor du dich weggeschlossen hast“, sagte die Kleine. „Ich war weich. Und verletzlich. Und lebendig.“

Ein Zucken ging durch Siras Miene. Ein Zittern. Ein Haarriss in der Maske, die sie seit Jahren trug.

„Ich weiß nicht, ob ich dich zurücklassen musste, um zu überleben“, sagte sie. „Oder ob ich es getan habe, um nie wieder so zu fühlen.“

Die Kleine nickte.

„Du hast mich gebraucht. Aber du hast mich verbannt.“

„Ich dachte, ich verliere mich, wenn ich dich ansehe.“

„Vielleicht“, sagte die Kleine. „Aber vielleicht findest du dich auch nur, wenn du es tust.“

Einen Moment lang war da nur Stille. Kein Flimmern. Kein Bild. Nur zwei Versionen derselben Person. Die eine erschöpft von Kontrolle. Die andere zerbrechlich vor Klarheit.

Dann ging Sira auf das Mädchen zu.

Nicht zögerlich. Nicht heldenhaft.

Einfach – ehrlich.

Sie kniete sich nieder. Nahm die ausgestreckte Hand. Und zum ersten Mal seit Jahren erlaubte sie sich zu weinen – nicht als Schwäche, sondern als Rückkehr.

Der Raum reagierte nicht. Die Lichtadern flackerten nicht. Es gab keinen Rausch, kein Dröhnen.

Nur einen tiefen, warmen Ton, wie ein Atemzug, der zum ersten Mal wieder vollständig war.

Die kleine Sira schloss die Augen – und verblasste langsam, wie Morgendunst im Licht. Zurück blieb nur eine Helligkeit in Siras Brust, die kein Licht war. Sondern Erinnerung.

Als sie aufstand, war ihr Blick nicht heller.

Aber tiefer.

Sira stand eine Weile still, als hätte der Raum sich geweigert, sie sofort zurückzugeben. Die Linien unter ihren Füßen zitterten noch leicht, wie ein letzter Nachhall. Dann trat sie zurück zu den anderen – ohne Worte, ohne Geste. Doch man sah es ihr an: Etwas war aufgebrochen. Und hatte sich nicht wieder geschlossen.

Kian sah sie an. Nicht mit Mitleid, nicht mit Verwunderung. Sondern mit einer Art stillem Respekt, der sich nicht aufdrängte. Er wollte fragen – doch sein Blick sagte: Du musst nicht antworten.

Sira hielt dem Blick stand. Kurz. Dann senkte sie die Augen. Ihre Stimme war ruhiger als zuvor, aber weicher. Wie Erde nach dem Regen.

„Manche Erinnerungen braucht es nicht, um zu verstehen, was man verloren hat. Aber um zu spüren, was noch fehlt."

Daen hatte sich währenddessen kein Stück bewegt. Doch etwas an seiner Haltung war anders geworden – eine Spannung in den Schultern, ein Druck in der Kieferlinie, als würde sein Körper sich unbewusst gegen etwas stemmen.

„Was habt ihr davon?", fragte er plötzlich.

Kian drehte sich zu ihm. „Was meinst du?"

„Diese... Prüfungen. Erinnerungen. Das ganze seelische Striptease. Bringt euch das irgendwas – außer Schmerz?"

Sira antwortete, ohne zu zögern. „Es bringt uns zu uns selbst zurück."

Daen schnaubte leise. Nicht abfällig – eher, um einen Knoten in sich zu übertönen. „Vielleicht ist es besser, sich zu vergessen."

Kian trat einen halben Schritt näher. Nicht feindlich. Aber forsch.

„Oder vielleicht hast du Angst, dass du gar nichts findest."

Daens Kopf zuckte leicht, als wolle er lachen. Doch es kam kein Ton.

„Was ich finde, geht euch nichts an."

Sira sah ihn lange an. Keine Strenge in ihrem Blick. Keine Härte. Nur ein leises Sehen.

„Daen", sagte sie.

Er schwieg.

„Velmora ruft nicht, um uns zu prüfen", fuhr sie fort. „Sondern um uns zu erinnern. Und wenn du etwas in dir trägst, dass du nicht sehen willst… dann wird es dich finden. Früher oder später."

Die Lichtadern um sie herum begannen erneut zu pulsieren. Ein neuer Kreis zeichnete sich –

diesmal unter Daens Füßen. Kein Ruck. Kein Zwang. Nur ein Raum, der ihn ansah.

Daen stand da, die Hände in den Taschen, der Blick auf den Boden gerichtet. Sekunden verstrichen. Dann hob er langsam den Kopf.

„Na schön", murmelte er. „Dann sehen wir mal, was ich so verdrängt habe."

Er trat in den Kreis.

Kaum hatte sich der Lichtkreis um ihn geschlossen, veränderte sich die Welt – anders als bei Kian oder Sira. Nicht langsam, sondern abrupt. Wie das grelle Aufreißen einer Bühne, auf der jemand vergessen hatte, den Vorhang rechtzeitig zu schließen.

Daen stand allein.

Die Luft war weiß. Nicht hell – grell. Künstlich. Sie stach in den Augen, trocknete die Lippen aus. Über ihm summte ein Neonlicht, das in regelmäßigen Abständen flackerte. Unter ihm: glatter Boden, zu sauber, zu glatt, als könnte man darauf jede Erinnerung abspulen.

Und vor ihm – eine Tür.

Alt. Metallisch. Angeschlagen. Eingedrückt an der Kante, als hätte jemand jahrelang versucht, dagegen zu treten. Auf Schulterhöhe in das Blech gekratzt: ein Name. In tiefen, krakeligen Buchstaben, mit einer rostigen Kante geritzt.

Daen

Nicht geschrieben von jemandem, der ihn rufen wollte.

Sondern von jemandem, der sich nicht vergessen lassen wollte.

Daen trat näher. Erst zögernd, dann mit wachsendem Trotz. Er wollte sie nicht öffnen. Und doch – die Tür tat es für ihn. Lautlos. Wie ein Gedanke, der sich nicht mehr aufhalten ließ.

Er betrat einen Raum, an den er sich nicht erinnern wollte, und doch sofort erkannte.

Ein Betonwürfel. Kahl. Fensterlos. Zu kalt, zu eng. Ein Tisch in der Mitte, zwei billige Plastikstühle. Auf einem davon saß ein Junge.

Kahlgeschorener Kopf. Zu große Jacke. Narben an den Knöcheln. Ein Verband, dunkelrot durchzogen.

Daen hielt inne.

„Du bist spät“, sagte der Junge.

Die Stimme war rau, tonlos. Keine Anklage. Kein Spott. Nur der Ton derer, die nichts mehr erwarten.

„Ich kenn dich nicht“, sagte Daen sofort.

„Doch. Du warst der Erste, der mich vergessen wollte.“

Daen schnaubte. Doch das Lächeln, das dabei seine Lippen zu formen versuchte, kam nicht an.

Er kannte ihn. Oder besser: das, was von ihm blieb. Es war ein anderer Junge, ein Freund aus der Zeit vor Velmora, aus der Zeit vor dem Wegdrehen. Der Name fiel ihm nicht ein – oder wurde ihm verweigert. Doch das Bild war da:

Ein Hinterhof. Ein Deal. Sirenen. Ein einziger Blick – und Daen war weggerannt. Ohne sich umzudrehen.

Der Junge stand auf. Ging an ihm vorbei.

„Du musst nicht reden. Ich wollte dir nur zeigen, wie leise man vergessen wird.“

In der kalten Wand gegenüber öffnete sich eine zweite Tür. Dahinter: ein anderer Raum an einem anderen Ort.

Eine Bar. Billige Musik. Eine Frau, um die zwanzig. Rötliche Locken, Lachfalten an den Augen. Ihre Bewegungen schnell, zu schnell. Aufgewühlt.

„Du hast gesagt, du meldest dich. Dass das mit uns..."

Daen hob abwehrend die Hände.

„Ich weiß nicht, wer du bist."

„Nein", sagte sie. „Aber ich weiß, wer du warst, als du mit mir warst. Und das reicht."

Sie hielt ein Foto hoch – ein Schnappschuss. Er, sie, Rücken an Rücken, lachend, in einem Park.

„Ich habe dich nicht gebraucht. Aber ich habe dir geglaubt."

Das Foto brannte auf einmal in Flammen. Kein Feuer – sondern Vergessen. Es zerfiel zu Staub in ihren Händen.

„Du bist nicht der, der geht. Du bist der, der nie ganz da ist."

Eine dritte Tür öffnete sich, diesmal mitten aus dem Nichts.

Ein Schulflur. Graue Schließfächer. Typisches kaltes Licht an der Decke, wie in Schulen übrig.

Ein Junge, jünger als Daen, mit dunklen Augen und einer Narbe an der Lippe. Zittrige Hände, die ein zerknülltes Papier hielten.

„Ich habe dich bewundert."

Daen blinzelte.

„Du warst der Einzige, der auch widersprochen hat. Der sich nicht geduckt hat. Ich wollte sein wie du."

Er streckte das Papier aus. Darauf: eine Zeichnung – Daen als Held, mit Schatten im Rücken und Licht in der Hand.

„Und dann hast du mich benutzt. Mich zum Narren gemacht. Damit du vor den anderen glänzen konntest."

Die Zeichnung zerfiel. Kein Staub. Kein Feuer. Nur Leere.

Raum für Raum. Gesicht für Gesicht.

Menschen, die Daen benutzt hatte, nicht aus Bosheit oder Kalkül – na gut, vielleicht manchmal. Aber eigentlich nur, weil Nähe für ihn immer unerträglich war.

Er fühlte sich nicht schuldig. Nicht direkt.

Aber unter der Haut begann es zu jucken. Zu ziehen. Zu brennen.

Die letzte Tür führte in einen Spiegelraum. Rund. Ohne Fluchtpunkt.

Tausend Spiegel – keiner zeigte ihn vollständig.

Mal sah er sich ohne Augen. Mal ohne Mund. Mal mit einem leeren Loch, wo das Herz sein sollte.

In jedem Spiegel eine andere Version seines Gesichts. In keinem: das, was er zu sein glaubte.

Er hob die Hände, wollte einen zerschlagen – doch sie trafen Glas, das nicht brach.

Dann hörte er es:

„Du darfst alles sein. Witzig. Charmant. Schnell. Aber du darfst nicht leer sein."

Es war seine eigene Stimme.

Und sie kam aus dem Inneren der Spiegel.

Als der Lichtkreis sich auflöste, stand Daen still.

Sira stand da, mit unbewegtem Blick. Kian sah ihn nicht an. Daen atmete tief. Seine Hände waren ruhig. Zu ruhig. „Ich bin durch", sagte er. Dann: „Lasst uns weitergehen."

Und vielleicht war das seine Wahrheit: Nicht Reue. Nicht Heilung. Aber das erste Mal: Ein Schritt nicht weg – sondern durch. Sira sah ihn lange an. Ihr Blick war nicht prüfend und wach. „Du hast dich dir selbst gestellt", sagte sie schließlich. „Ob du das anerkennen willst oder nicht – Velmora hat es gesehen."

Daen schnaubte leise. „Velmora kann mich mal." „Hat sie schon", entgegnete Kian ruhig.

Sira trat erneut zwischen sie. Nicht trennend. Verbindend. „Es geht nicht darum, wer mehr getragen hat. Sondern wer es wagt, hinzusehen. Wir drei haben das getan."

Daen sah sie an, dann Kian. Sein Blick war wach, aber weicher als noch zuvor. „Ich weiß nicht, was das mit uns macht", murmelte er.

„Es macht uns bereit", sagte Sira.

Kian nickte. Er spürte es in sich – das Gewicht der Erkenntnis, das gleichzeitig belastete und trug.

In diesem Moment begann die Kammer zu antworten. Ein leises, tiefes Summen vibrierte durch den Boden. Kaum wahrnehmbar – eher ein Gefühl als ein Geräusch. Die Lichtadern, die sich bis dahin ruhig an den Wänden entlanggezogen hatten, begannen zu gleiten. Nicht unruhig – sondern lebendiger. Bewusster.

Sira hob den Kopf.

„Die Kammer… verändert sich."

Daen trat langsam ein paar Schritte vom Zentrum zurück. „Verändert? Sieht für mich aus, als zuckt sie ein bisschen."

„Nicht zucken", sagte Sira leise. „Antworten."

Kian runzelte die Stirn. „Auf was?"

Sira drehte sich langsam zu ihnen. Ihr Blick war ruhig, aber fokussiert, als würde sie nach Worten tasten, die schwer zu greifen waren.

„Velmora beobachtet nicht, wie ein Wesen. Es erinnert. Und diese Kammer… ist ein Teil davon. Vielleicht sogar mehr."

Sie ließ den Blick über die Wände schweifen, wo sich die Adern nun begannen zu bündeln – spiralförmig, als zögen sie sich zu einem Mittelpunkt zusammen.

„Drei Stimmen“, sagte sie dann. „Drei Echos.“

Daen verschränkte die Arme. „Jetzt fang nicht auch noch an, in Rätseln zu reden.“

Sira blieb gelassen. „Wir haben etwas gegeben, das die Stadt nicht erzwingen kann: Wir haben uns gezeigt. Nicht unsere Kraft. Nicht unser Wissen. Sondern das, was wir sonst verbergen.“

Kian nickte langsam. „Unsere Fehler.“

„Unsere Wahrheit“, ergänzte sie. „Die Kammer reagiert darauf. Nicht, weil sie uns prüft. Sondern weil sie uns… erkennt.“

In diesem Moment vertiefte sich das Licht an einer Stelle der Wand. Die Linien zogen sich zurück – nicht erschreckt, sondern bereitwillig. Eine neue Öffnung entstand. Kein Tor. Kein Portal. Nur ein schmaler Spalt, kaum breiter als zwei ausgestreckte Arme.

Daen blinzelte. „Hab ich das richtig verstanden? Die Stadt bedankt sich bei uns?“

Sira neigte leicht den Kopf. „Nicht bedankt. Sie akzeptiert."

Ein Moment verging. Dann sagte sie leise: „Wir wurden gesehen…und angenommen."

Kian trat neben sie, seine Stimme leise, aber klar. „Was bedeutet das jetzt für uns?"

Sira antwortete, ohne zu zögern. „Dass wir nicht mehr dieselben sind, die hier hineingekommen sind." Sie deutete auf die Öffnung. Das Licht darin war kein Leuchten – eher eine Einladung.

„Und dass wir bereit sind für das, was jenseits der Erinnerung liegt."

Daen trat näher, musterte den Spalt.

„Ich hoffe, dass da draußen ist weniger... seelenschürfend."

Kian lächelte schwach. „Vermutlich nicht."

Sira ging voran. Ihre Schritte waren leicht, nicht aus Arroganz – sondern weil etwas in ihr leichter geworden war. Kian folgte ihr.

Daen sah ihnen einen Moment nach. Dann murmelte er: „Gesehen. Angenommen. Klingt fast nach Familie."

Und dann trat auch er durch die Öffnung. Hinter ihnen begann die Kammer zu verblassen – nicht zu vergehen, sondern sich zurückzuziehen, wie ein Auge, das sich schließt, nachdem es gesehen hat.

Der Gang hinter der Öffnung war schmal und seltsam flach. Die Wände wirkten weniger wie gebaut, sondern wie gewachsen – glatt und sehnig, von feinen Adern durchzogen, die in mattem Blau leuchteten, als wäre das Licht dort nicht geboren, sondern gesammelt.

Die Luft war kühl, aber nicht kalt. Sie trug den Geschmack von altem Eisen, vermischt mit dem Duft von Moos. Ein metallischer Nachhall, als hätte jemand vor langer Zeit eine Glocke geschlagen, und der Klang wüchse noch immer in den Steinen.

Hinter ihnen war nichts mehr zu hören. Kein Echo aus der Kammer, kein Zeichen der Prüfungen, keine Spur von der Welt, die sie dort betreten – und wieder verlassen hatten. Es war, als hätte Velmora ein Kapitel geschlossen, dass es nie gegeben hat.

Sira ging vorne. Ihre Schritte waren ruhig, fast schwebend, doch in ihrer Körperhaltung lag etwas Angespanntes – eine Bereitschaft, wie man sie nur bei Menschen sieht, die mit dem Rücken zum Abgrund aufgewachsen sind. Ihr Blick glitt über die Wände, als würde sie nicht nach Auswegen suchen, sondern nach versteckten Absichten.

Daen folgte ihr in wenigen Schritten Abstand. Seine Bewegungen waren lässig, doch Kian konnte eine neue Stille in ihm fühlen. Nicht als Mangel, sondern als Vibration. Etwas hatte sich verschoben, tiefer gelegt. Ein Stück Wahrheit vielleicht, das sich nicht mehr so leicht verstecken ließ.

Kian selbst folgte ihnen langsam. Sein Gang war fest, aber seine Gedanken kreisten. Kaemir hallte in ihm nach – nicht wie eine Stimme, sondern wie ein neues Organ, das sich langsam zu formen begann. Als würde seine Seele plötzlich über ein zweites Herz verfügen, das in einem anderen Takt schlug.

Der Gang wurde breiter. Das Licht heller – aber nicht wärmer. Eher klinisch, wie das Licht eines Operationssaals oder ein Ort, an dem Wahrheit seziert wurde. Der Boden veränderte sich: glatter, reflektierender. Und dann: Weite.

Sie traten in eine Halle.

Rund. Gewaltig. Das Dach so hoch, dass es sich im Zwielicht verlor. Der Raum war leer – bis auf einen einzigen, schwarzen Obelisken im Zentrum. Hoch, schlank, glatt. Seine Oberfläche war von goldenen Linien durchzogen, die sich spiralförmig nach oben wanden, als würden sie etwas festhalten oder einsperren.

Kein Tor. Kein Durchgang. Nur dieses Denkmal. Dieses Urteil. Diese Grenze.

Sira blieb stehen. Ihre Augen verengten sich, der Blick schweifte wie ein Wind, der nach Rissen im Felsen sucht.

„Das hier... ist kein Weg“, sagte sie leise.

Kian trat neben sie, sein Blick wanderte über den Boden, der so glatt war, dass er ihre Spiegelungen verschluckte, statt sie zurückzuwerfen.

„Was dann?“ Sira ließ die Worte einen Moment ruhen. Dann sagte sie: „Es ist eine Grenze.“

„Eine Grenze zu was?“ „Zu dem, was Velmora schützt.“ Sie zögerte. „Oder versteckt.“

Daen trat näher an den Obelisken. Er streckte eine Hand aus – nicht zum Berühren, sondern, als wollte er die Luft davor fühlen. „Merkwürdig still hier.“ „Es ist die Art von Stille“, sagte Sira,

„in der ein Ort überlegt, ob du ihn betreten darfst."

Kian spürte es jetzt auch. Der Raum war nicht leer. Er war wach. Kein Geräusch – und doch ein Dröhnen in der Ferne, jenseits des Hörbaren. Wie das Stampfen eines Herzschlags tief unter dem Stein. Dann veränderte sich die Luft. Kein Windstoß. Kein Geräusch. Nur ein Druck – ein langsames, schweres Sinken der Atmosphäre. Wie unter Wasser, wenn die Tiefe zunimmt und der Körper beginnt, gegen die Welt zu arbeiten.

Sira hob den Kopf. Ihre Augen weiteten sich leicht. „Ein Wächter."

Daen wich einen halben Schritt zurück, seine Muskeln angespannt. „Wo?" Sie antwortete nicht. Stattdessen senkte sie langsam den Blick – und deutete in die Mitte des Raumes.

Der Obelisk vibrierte. Erst kaum sichtbar, dann wie von einem unsichtbaren Puls durchzogen. Die goldenen Linien begannen zu glimmen. Nicht wie Licht – sondern wie das Erwachen von Nervenbahnen. Ein Riss erschien an seiner Basis. Kein Spalt im Stein – sondern im Raum selbst. Ein Schatten formte sich daraus, wuchs nach oben, schälte sich aus dem Obelisken wie eine Erinnerung, die nicht länger schweigen wollte.

Es war keine Kreatur. Keine Gestalt. Es war eine Struktur.

Ein Körper, gebaut aus Ordnung. Jeder Teil von ihm symmetrisch, jede Bewegung exakt, als würde eine höhere Logik ihn formen. Keine Augen. Kein Mund. Nur Linien. Parallelen. Kanten. Seine Präsenz war nicht angsteinflößend – sondern absolut. Sira flüsterte: „Der Hüter der Ordnung."

Die Luft erstarrte. Der Raum sprach – nicht mit Stimme, sondern durch sein bloßes Sein.

„Drei treten ein. Einer trägt das Siegel. Einer das Echo. Einer das Potenzial."

„Ihr nähert euch dem Herzen. Das ist nicht vorgesehen. Ordnung verlangt Grenzen. Grenzen verlangen Wächter." Ein goldenes Muster breitete sich vom Hüter aus über den Boden, kreisförmig, geometrisch präzise. Kians Brust zog sich zusammen.

Er wusste: Der Wächter würde nicht verhandeln, sondern nur handeln. Und sie würden antworten müssen. Der Hüter der Ordnung stand vollständig im Raum. Seine Gestalt war starr, wie aus einem einzigen, unfehlbaren Gedanken geformt. Keine Augen. Kein Gesicht. Und doch spürten sie alle drei: Er sah sie. Nicht als Menschen – sondern als Abweichung.

Goldene Linien flammten um ihn auf, zogen sich in makellosen Winkeln über den Boden. Keine Kreise, keine Spiralen – nur klare Geometrie, Rechtecke, Gitter, Strukturen.

Die Halle war nun kein Raum mehr, sondern ein Schema.

Ein Fehlerprotokoll. Und sie waren die Anomalie.

Kian machte einen Schritt zurück, dann einen nach vorn – instinktiv, wie jemand, der dem inneren Drang folgt, nicht zu fliehen, sondern zu stehen. Daen spannte die Schultern. Seine Körperhaltung war bereit – kein Sprung, kein Angriff, nur pure Reaktionskraft, wie ein Tier, das im letzten Moment weiß, aus welcher Richtung die Gefahr kommt.

Sira trat zwischen sie. Nicht um zu führen – sondern um zu fokussieren. „Hört zu", sagte sie leise. „Das Ding wird nicht reden. Es wird prüfen."

„Ich dachte, das haben wir gerade erst hinter uns“, murmelte Daen. „Nicht dieselbe Art von Prüfung“, erwiderte Sira. Ihr Blick blieb auf dem Hüter. „Das ist keine Resonanz. Das ist ein Gegenimpuls. Ordnung. Kontrolle. Konsequenz.“

Kian nickte langsam. „Er lässt uns keine Wahl.“ „Nein“, sagte sie. „Aber vielleicht einen Moment. Um zu reagieren.“

Daen trat einen halben Schritt nach links, musterte die goldenen Linien am Boden. „Ich bin schnell“, sagte er knapp. „Wenn er sich bewegt, kann ich ihm den ersten Impuls stehlen. Vielleicht reicht das.“

„Du wirst ihn nicht aufhalten können“, warnte Sira. „Nein“, sagte Daen. „Aber vielleicht bring ich ihn aus dem Takt.“

Kian spürte, wie seine Hände begannen zu brennen – nicht schmerzhaft, sondern vorbereitet. Die goldene Kraft war da, nur ein Impuls entfernt. Seine Finger kribbelten, sein Herz schlug im Rhythmus der Adern des Raumes. „Ich lenke ihn“, sagte er. „Mit dem Licht.“

Sira sah ihn scharf an. „Du kannst es noch nicht kontrollieren." „Dann lerne ich es jetzt", erwiderte er.

Ein kurzes, stummes Einverständnis ging zwischen den Dreien um. Sira hob leicht die Hand, deutete in Richtung der Flächenmuster, die sich nun schneller bewegten, als würde der Raum selbst anfangen zu rechnen.

„Ich kümmere mich um das System", sagte sie. „Wenn ich die Linie finde, die das Muster steuert, kann ich sie brechen." „Wie?", fragte Daen.

„Indem ich mich erinnere, was hier falsch ist." Daen grinste. „Na dann: viel Spaß beim Aufräumen."

Kian drehte sich zur Mitte. Der Hüter hatte sich nicht bewegt – aber das war kein Stillstand. Es war Spannung. Und sie hatte ihren Höhepunkt erreicht. „Bereit?", fragte Kian.

Daen rollte die Schultern, Sira hob leicht den Kopf. „Ja."

Der Hüter trat einen Schritt vor. Es war keine Bewegung – es war ein Urteil.

Dann zerbarst der Boden. Ein gleißender Riss zuckte durch die Halle, als hätte ein unsichtbares Skalpell die Ordnung selbst aufgeschlitzt. Splitter aus Licht und Stein flogen in alle Richtungen – doch sie trafen niemanden. Der Hüter der Ordnung hatte entschieden. Und seine Entscheidung war Exekution. Kian warf sich zur Seite, noch bevor sein Bewusstsein die Bewegung befohlen hatte. Der Instinkt – oder etwas Tieferes – hatte ihn gelenkt. Ein goldener Strahl schnitt durch die Stelle, an der er eben noch gestanden hatte, scharf wie Wille. Kein Geräusch. Nur Druck.

Daen war bereits in Bewegung. Er sprang über die erste Linie hinweg, trat auf eine zweite – und rutschte seitlich ab. Der Boden hatte sich verändert. Kein Halt mehr, nur glatte Ebenen, die auf Reibung verzichteten. Der Raum wollte keine Schritte mehr zulassen.

„Er manipuliert das Feld!“, rief Sira, ihre Stimme hallte durch das Schema, wie eine fehlerhafte Variable in einem perfekten Code. Kian richtete sich auf. Das Licht in seinen Händen pulsierte – zuerst unruhig, dann in einem Takt. Nicht seinem eigenen. Sondern dem des Raumes. Er passte sich an. Fand den Rhythmus.

Ein weiterer Schlag. Diesmal wie ein Würfelwurf, mit dem der Hüter die Realität selbst zu ordnen versuchte. Linien schnitten durch die Luft, Rechtecke falteten sich aus dem Nichts, manifestierten sich zu Barrikaden und Käfigen. Daen reagierte. Er sprang, prallte ab, rollte, verschwand in einer Drehung hinter einer der Strukturen, nur um im nächsten Moment mit einem gezielten Tritt eine der goldenen Linien zu unterbrechen. Die Form flackerte.

Ein kurzer, kaum spürbarer Moment. Aber der erste Riss. Sira stand still. Ihre Augen waren geschlossen, ihre Lippen bewegten sich lautlos. Sie schien nicht zu analysieren, sondern zu erinnern. Ihre Finger zogen über die Luft, als wolle sie etwas zurückholen, das nie vollständig da war.

„Hier", flüsterte sie. Dann schlug sie zu – nicht mit der Hand, sondern mit einem Gedanken, der die Struktur unter ihren Füßen traf. Die Linien dort verpixelten – ein Fehler im System. Ein Bruch.

Der Hüter erstarrte. Kian wusste: Jetzt. Er trat vor, hob die Arme, und das Licht, das in ihm gewartet hatte, brach hervor – nicht als Strahl, nicht als Angriff. Es war ein Spiegel. Ein reflektiertes Muster aus innerem Chaos, das sich dem äußeren Gesetz entgegenstellte.

Gold traf auf Gold. Nicht in Explosion, sondern in Interferenz. Zwei Ordnungen, zwei Gesetze – sie kreuzten sich, überlagerten sich, und begannen, sich gegenseitig zu analysieren.

Der Hüter zuckte. Die Linien in seiner Gestalt zuckten asynchron, minimal, aber genug. Daen nutzte den Moment. Ein gezielter Tritt in den Spalt, den Sira geöffnet hatte. Der Hüter knickte ein – nicht körperlich, sondern im Muster. Eine Linie brach. Und mit ihr: das Gleichgewicht.

Der Raum stöhnte. Kein Ton – sondern ein Riss durch das Fundament seiner Logik. Das Gitter verzog sich. Geometrie wurde instabil. Der goldene Kreis implodierte. Und mit ihm: der Hüter.

Ein letzter Lichtimpuls, dann brach die Gestalt in sich zusammen, als hätte jemand eine perfekte Gleichung aufgelöst.

Stille. Diesmal war sie echt. Die Halle war wieder nur ein Raum. Kalt. Groß. Wach. Aber nicht länger ein Urteil.

Sira atmete schwer. „Wir haben ihn nicht besiegt", sagte sie. „Nur... aus der Ordnung gelöst."

Daen nickte. „Reicht für den Moment." Kians Herz beruhigte sich langsam wieder. Doch etwas war geblieben. Ein Nachbild, ein Nachhall – als hätte ein Teil der Ordnung sich in ihm eingenistet, um zu beobachten. Er sagte nichts.

Sie sammelten sich, blickten noch einmal auf den zerfallenen Obelisken. Die Grenze war gefallen. Und der Weg – war offen. Ein Tor erschien. Nicht mechanisch. Nicht magisch. Es war einfach da. Als wäre es immer dort gewesen, nur nicht zugelassen.

Kian trat als Erster darauf zu, dann Sira und zum Schluss Daen.

Alle bereit für das Herz von Velmora.

Die Tür hinter ihnen fiel lautlos ins Nichts zurück, und was blieb, war Stille. Kein Hall, kein Wind, kein Echo. Nur ein Raum, der keiner war, sondern eher ein Zustand: weit, atmend, erfüllt von einer Tiefe, die nicht mit Metern zu messen war. Die Luft war klar, beinahe schimmernd, durchzogen von feinen Lichtfäden, die sich wie Pollen in Zeitlupe bewegten. Der Boden unter ihren Füßen war aus einem Material, das nicht Stein war, nicht Glas – sondern etwas Unbeschreibliches, durchscheinend, lebendig. Bei jedem Schritt leuchtete es kurz auf, als würde die Stadt ihre Anwesenheit registrieren.

Der Raum selbst war kreisrund, so weit gespannt, dass die Ränder im Dunst verschwammen. Von dort aus erhoben sich eine Vielzahl an verschiedenen, schwebenden Plattformen, teils rund, teils wie Splitter geformt, die sich langsam und stetig bewegten – nicht ziellos, sondern in einem fast orchestrierten Tanz. An den Wänden, sofern man überhaupt von Wänden sprechen konnte, schwebten halbtransparente Bahnen aus Licht, die sich in Spiralen umeinanderwanden und gelegentlich kurze, schemenhafte Bilder aufflackern ließen – Szenen, Erinnerungen vielleicht.

In der Mitte des Raumes jedoch, dort, wo alles zusammenzulaufen schien, befand sich eine Struktur: konzentrierte Kreise aus Licht, pulsierend wie das Herz eines schlafenden Riesen. Sie lagen übereinander wie Terrassen, doch ohne Stufen – alles schien organisch gewachsen, als hätte die Stadt selbst diesen Ort geformt, um etwas zu bewahren, das jenseits von Worten lag.

Kian trat als Erster vor, und obwohl seine Schritte keine sichtbaren Spuren hinterließen, war jeder von ihnen begleitet von einem sanften, kaum spürbaren Beben unter seinen Füßen. Es war, als würde der Boden selbst ihn erkennen, ihn willkommen heißen. Ein leiser, vibrierender Puls wanderte durch seine Sohlen, kroch in seine Waden, als würde Velmora auf seine Anwesenheit reagieren nicht mechanisch, sondern mit etwas, das Bewusstsein hatte. Kian hob den Blick, ließ die Schultern sinken, nicht aus Erschöpfung, sondern weil ihm für einen Moment die Last genommen wurde, die er so lange mit sich getragen hatte.

Sira folgte ihm dichtauf. Ihre Bewegungen waren präzise, fast rituell. Jeder Schritt schien Teil eines inneren Kompasses zu sein, der sie leitete. Die Lichtfäden in der Luft spiegelten sich in ihren Augen, und es war, als würde sie nicht nur beobachten, sondern lesen – die Schwingungen, die Richtungen, jede noch so feine Veränderung. Ihre Finger bewegten sich leicht, fast unmerklich, als würde sie die Struktur des Raumes ertasten. Und in ihrem Blick lag etwas Unverrückbares, eine Bereitschaft, das Unerklärliche zuzulassen.

Daen kam zuletzt. Er blieb am Rand des Platzes stehen, einen Moment länger als nötig. Seine Augen wanderten über die Bögen, die Muster im Licht, die pulsierenden Kreise. Sein Atem war ruhig, doch in seiner Haltung lag Vorsicht – nicht aus Angst, sondern aus der tiefen Überzeugung, dass dieser Ort ihn prüfen würde. Schließlich setzte er sich in Bewegung. Seine Schritte waren leise, gemessen, als tastete er sich in einen Traum vor, bei dem jeder Gedanke die Wirklichkeit verändern konnte. Und dennoch – er ging. Weil er wusste, dass auch seine Geschichte hierhergehörte.

"Das ist es also?" murmelte Daen und trat näher an das schimmernde Zentrum heran. "Das Zentrum?"

Sira nickte langsam, doch ihre Augen blieben auf das Licht gerichtet, das zwischen den Bögen pulsierte. "Das Herz von Velmora. Der Ursprung der Stadt. Und mehr als das. Es ist Erinnerung und Möglichkeit zugleich."

Kian sah sich um, suchte Worte, die diesem Ort gerecht wurden. "All das... war immer hier?"

Sira nickte erneut. "Ja. Velmora existiert außerhalb unserer Zeit. Sie ist älter als jedes Reich, älter als jede Geschichte, die erzählt wurde. Es ist kein Ort, der einfach betreten wird. Man wird gerufen. Und wenn man antwortet, beginnt etwas, das man kaum verstehen kann."

Daen runzelte die Stirn. "Ein Gedächtnis also? Wessen Gedächtnis?"

"Das der Welt," antwortete Sira ruhig. "Ein Bewahrer kollektiver Erinnerung. Hier werden nicht nur Vergangenheiten aufbewahrt, sondern auch die Spuren möglicher Zukünfte. Velmora sammelt, was vergeht. Und es bewahrt, was Bedeutung trägt. Jeder, der diesen Ort betritt, trägt Fragmente in sich – von sich selbst, von anderen, von dem, was war und dem, was hätte sein können."

Kian trat näher an die Lichtkreise heran. "Und warum wir? Warum gerade wir drei?"

Sira wandte sich ihm zu. Ihre Stimme war leiser, aber eindringlich. "Weil ihr etwas tragt, das Velmora erkennt. Etwas, das verloren gegangen ist in der Welt draußen. Ihr seid keine Besucher. Ihr seid Träger. Träger einer Erinnerung, die größer ist als ihr selbst. Jeder eurer Schritte, jede eurer Entscheidungen, hat euch nähergebracht – nicht nur geografisch, sondern seelisch."

Daen verschränkte die Arme. "Träger wovon? Von einer Bürde? Einer Aufgabe?"

"Von Wahrheit," sagte Sira. "Von Möglichkeiten. Von alten Wegen, die wiedergefunden werden wollen. Eure Gaben, eure Brüche, eure Kämpfe – sie sind nicht zufällig. Sie sind Teil eines Musters, das Velmora erkennt. Und wenn die Zeit reif ist, antwortet die Stadt. Nicht mit Macht. Sondern mit Spiegeln. Und mit Wegen."

Einen Moment lang schwieg niemand. Dann sagte Daen: "Also sind wir Teil eines größeren Plans. Eines Netzes von Erinnerungen."

"Nicht nur Teil," flüsterte Sira. "Wir sind Knotenpunkte. Und Velmora... prüft nicht nur. Sie ruft. Und wir haben geantwortet."

Ein Windzug fuhr durch den Raum, ohne dass sich die Luft bewegte. Die Lichtadern im Boden flackerten kurz, dann flossen sie in Richtung Zentrum. Dort, auf einem Podest, begann sich eine Form zu bilden – rund, schwebend, aus Licht und Schatten zugleich.

Kian spürte ein Ziehen in seiner Brust. Die Münze in seiner Tasche begann zu vibrieren – zuerst kaum merklich, dann mit wachsender Intensität. Er griff instinktiv hinein, zog sie hervor. Das alte Stück Metall, einst ein Andenken an seine Eltern, leuchtete in seinem Handteller mit einem feinen, bläulichen Schein. Es war nicht heiß, nicht schwer – aber durchdrungen von etwas, das sich wie ein uralter Ruf anfühlte.

Daen blinzelte. "Warte mal... ich habe auch eine." Er griff unter seinen Mantel, zog eine fast identische Münze hervor. Siras Augen wurden groß. "Ich ebenfalls", sagte sie leise und hielt ihre Münze in die Höhe.

Kaum hatten alle drei ihre Münzen gezeigt, reagierte der Raum. Die Lichtadern am Boden zogen sich zusammen, verdichteten sich, flossen in konzentrischen Wellen auf einen Punkt vor ihnen zu. Aus dem Nichts erhob sich ein Altar – aus demselben durchscheinenden Material wie der Boden, mit drei eingelassenen Vertiefungen. Jede war exakt auf die Form der Münzen abgestimmt.

"Es will, dass wir sie einsetzen", flüsterte Sira.

Kian trat näher, betrachtete den Altar mit zusammengezogenen Brauen. "Ich weiß nicht... Diese Münze ist alles, was ich noch von meinen Eltern habe. Ich kann sie nicht einfach..."

Sira legte ihm eine Hand auf den Unterarm. "Du verlierst sie nicht. Du erfüllst, was sie begonnen haben. Diese Münze ist nicht das Ende – sie ist der Schlüssel. Und du bist mehr als nur ihr Träger."

Kian schloss die Augen. Der Moment dehnte sich. Dann legte er seine Münze in die erste Vertiefung.

Daen und Sira folgten, fast gleichzeitig.

Ein leises Summen erfüllte den Raum. Der Altar leuchtete auf. Und Velmora... öffnete einen neuen Weg.

"Das ist ein Nexus," sagte Sira. "Ein Sammelpunkt alter Energien. Hier verwebt sich, was getrennt war."

Daen schnaubte leise. "Klingt alles ziemlich mystisch."

"Weil es das ist," entgegnete Sira ruhig. "Aber nicht ohne Sinn. Velmora ist nicht hier, um uns zu verwirren. Sondern um uns zu erinnern."

Sie schwieg einen Moment, dann trat sie ins Zentrum des Lichtkreises. Die Oberfläche unter ihren Füßen begann sofort zu leuchten – ein zarter Sog ging von ihr aus, der jedoch nichts verschlang, sondern eher einlud.

"Es geht nicht darum, Macht zu finden," sagte sie. "Sondern Klarheit. Die Stadt zeigt uns, was wir nicht sehen wollen – und was wir vergessen haben. Vielleicht auch, was wir nie wussten."

Kian trat zu ihr. Daen zögerte, dann folgte er. Für einen Moment standen sie still – drei junge Menschen, verbunden durch etwas, das sie noch nicht begreifen konnten. Aber sie spürten es: Velmora lebte. Und es erinnerte sich an sie.

Ein Laut vibrierte durch die Halle – leise, tief, wie ein Glockenschlag unter der Haut. Das Licht um sie herum verdichtete sich nicht länger nur – es begann zu rotieren. Erst langsam, dann schneller, bis sich aus dem Strudel ein einzelner Lichtstrahl löste und senkrecht in den Raum schoss. Er durchstieß die Decke, die sich wie Nebel zurückzog – und legte einen Blick auf den Himmel über Velmora frei.

Doch es war kein Himmel.

Über ihnen erstreckte sich ein gewaltiger Mechanismus – aus Licht, Bewegung und Struktur. Zahnräder aus Erinnerung, Spiralen aus Zeit, ein kosmisches Uhrwerk, das sich um einen dunklen Kern drehte, in dem sich Schatten bewegten. In diesem Augenblick wurde ihnen klar: Velmora war kein Ort, keine Stadt – es war eine lebendige Schnittstelle zwischen den Ebenen der Wirklichkeit. Und der dunkle Kern... beobachtete sie.

Daen wich unwillkürlich einen Schritt zurück. "Was ist das?"

"Ein Auge," flüsterte Kian. "Oder ein Geist. Vielleicht beides."

Ein einziger Lichtimpuls zuckte vom Himmel herab und traf den Altar. Die drei Münzen begannen zu glühen – nicht blau, nicht golden, sondern in einer Farbe, die keine Sprache kannte. Dann schwebten sie empor, schraubten sich spiralförmig in die Höhe und verschwanden in dem dunklen Zentrum über ihnen.

Ein Riss ging durch den Raum. Kein Geräusch, kein Splittern – nur das Gefühl, dass etwas bisher Verdecktes nun aufgedeckt war.

Vor ihnen, anstelle des erwarteten Pfades, öffnete sich ein Blick – nicht auf einen Weg, sondern auf eine Szene:

Kian stand darin. Oder jemand, der aussah wie er. Älter. Härter. In einer zerstörten Version der Welt, die sie kannten. An seiner Seite: Sira. Doch auch sie war verändert. Und Daen? Er fehlte.

Der Riss schloss sich abrupt. Zurück blieb Stille.

"Was war das?" fragte Daen atemlos.

"Ein Vorgeschmack," sagte Sira leise. "Oder eine Warnung."

Velmora hatte geantwortet. Und seine Antwort war diesmal keine Tür. Sondern ein Rätsel.

Und irgendwo tief in Kian regte sich etwas. Ein Wissen, das nicht sein eigenes war – und doch untrennbar mit ihm verbunden.

Der zweite Herzschlag Velmoras war erwacht.

Epilog

Du hast sie begleitet – Kian, Sira und Daen. Du warst bei ihnen in Momenten des Zweifels, der Erkenntnis, der Stille. Vielleicht hast du beim Lesen gespürt, dass es nicht nur um eine fantastische Stadt ging, sondern um etwas Tieferes. Um das, was auch in dir lebt.

Denn Velmora ist mehr als eine Geschichte. Es ist ein Ort für die, die suchen. Für die, die sich fragen, wo sie hingehören. Für die, die eine Last tragen – sichtbar oder verborgen. Vielleicht ist deine Last eine Erinnerung. Ein Schmerz, den du nicht einordnen kannst. Eine Stimme in dir, die manchmal leise fragt: Bin ich genug? Warum fühle ich mich so anders?

Vielleicht bist du wie Kian – auf der Suche nach deiner Herkunft, nach einem Platz, an dem du sein darfst, ohne Maske. Oder wie Sira, die stark wirkt, weil sie gelernt hat, niemals zu fallen. Oder wie Daen, der Fehler gemacht hat – aber den Mut findet, sich ihnen zu stellen. Und vielleicht trägst du, wie sie alle, eine Wahrheit in dir, die du lange nicht sehen wolltest.

Velmora ist der Spiegel all dessen. Es ruft nicht jeden. Aber dich hat es gerufen. Und du hast geantwortet, mit jeder Seite, die du umgeblättert hast.

Wenn du das nächste Mal nicht weißt, wohin du gehörst. Wenn du das Gefühl hast, nicht gesehen oder nicht verstanden zu werden. Wenn du nachts wachliegst und dein Herz zu laut schlägt für all die Dinge, die unausgesprochen bleiben – dann erinnere dich an Velmora. Daran, dass es einen Ort gibt, der nicht fragt, wer du sein sollst, sondern dich erkennt, wie du bist. Mit allem. Und dass du Teil einer Geschichte bist, die noch nicht zu Ende erzählt ist.

Weißt du, was Mut wirklich ist? Nicht der Kampf mit dem Schwert oder den Fäusten, egal was andere dir erzählen. Mut ist die Entscheidung, hinzusehen und seinen eigenen Weg zu beschreiten, mit allem, was dazugehört: Licht und Dunkel. Angst und Sehnsucht. Schmerz und Hoffnung.

Wenn du gerade etwas trägst, das dich schwer macht – halte durch. Vielleicht ist genau das der Teil deiner Geschichte, an dem sich etwas beginnt zu verändern. Du bist nicht allein. Nicht hier, nicht in dieser Welt – und auch nicht in Velmora.

Vielleicht hat dir dieses Buch keine fertigen Antworten gegeben. Aber vielleicht hat es dir die richtigen Fragen gestellt. Fragen, die du nicht vergessen wirst. Fragen, die dich weitertragen werden.

Velmora ruht. Für jetzt. Aber es schläft nicht.

Der zweite Band wird kommen. Mit neuen Antworten. Und neuen Fragen.

Velmora erinnert sich. Und es erinnert sich an dich.

Wenn du dich das nächste Mal allein auf der Welt fühlst, dann denke daran: Du bist nicht allein. Nicht in deiner Geschichte. Nicht in deiner Suche. Und niemals in Velmora.

"Selbst im tiefsten Dunkel wartet noch ein Licht auf dich – manchmal in dir selbst, manchmal in anderen und manchmal an einem Ort wie Velmora."

Taren Veylor

Nachwort

Danke, dass du dieses Buch gelesen hast. Vielleicht kennst du mich gar nicht, oder vielleicht hast du bereits andere Geschichten von mir gelesen – aber heute haben wir diesen Weg gemeinsam beschritten. Du mit deinem Herzen, ich mit meinen Worten. Wenn dir die Geschichte gefallen hat, freue ich mich sehr über eine ehrliche Bewertung auf Amazon / Google oder einem Follow auf Instagram / Tiktok.

Als ich Velmora zu schreiben begann, wusste ich nicht genau, wohin die Reise führen würde. Ich wusste nur, dass ich einen Ort erschaffen wollte, der bleibt. Der sich nicht laut aufdrängt, sondern still mitgeht. Wie ein Schatten. Oder ein Licht, das sich ganz hinten in deinem Innersten ausbreitet.

Jeder Satz in diesem Buch war auch eine Suche. Nach Bedeutung, nach Verbindung, nach einem Platz in einer Welt, die oft laut, verwirrend und überfordernd sein kann. Vielleicht ging es dir beim Lesen ähnlich.

Ich glaube fest daran, dass Geschichten Brücken sind. Und vielleicht hat diese Geschichte eine Brücke zu dir geschlagen. Vielleicht hast du dich irgendwo zwischen den Zeilen wiedergefunden – nicht als Held, nicht als Lösung – sondern einfach als Mensch.

Ich danke dir für dein Vertrauen. Dafür, dass du dir die Zeit genommen hast. Dafür, dass du offen warst, Kian, Sira und Daen zu begleiten – und damit vielleicht auch ein Stück mehr bei dir selbst angekommen bist.

Band Zwei wird kommen. Und mit ihm neue Wege, neue Wahrheiten. Aber was auch immer du ab jetzt liest, wohin du auch gehst:

Velmora lebt weiter in dir.

In Verbundenheit,

dein Taren Veylor

Impressum

Velmora – Band 1 (Neuauflage Mai 2025)
© 2025 Geoffrey Graf (Taren Veylor)
Ursprünglich veröffentlicht 04/ 2025 unter dem Pseudonym **Taren Veylor**, vollständig überarbeitet und neu aufgelegt 2025.
Alle Rechte vorbehalten.
Die Vervielfältigung, Verbreitung oder sonstige Nutzung dieses Werkes – auch auszugsweise – ist nur mit schriftlicher Genehmigung des Autors gestattet.

Verantwortlich für den Inhalt gemäß § 5 TMG und § 55 RStV:
Geoffrey Graf
Burgunder Str. 1
50171 Kerpen
Deutschland

E-Mail: info@tarenveylor.de
Webseite: www.tarenveylor.de

Tiktok & Instagram: @taren.veylor

Pseudonym:
Dieses Werk erscheint unter dem Pseudonym **Taren Veylor**.

Fiktionserklärung:
Dieses Buch ist ein Werk der Fiktion. Alle genannten Personen, Orte und Ereignisse sind frei erfunden oder dienen der erzählerischen Gestaltung. Ähnlichkeiten mit real existierenden Personen oder Ereignissen wären rein zufällig.

Hinweis zur KI-Unterstützung:
Bei der Überarbeitung dieses Romans wurde unterstützende Software auf Basis Künstlicher Intelligenz verwendet (OpenAI ChatGPT). Die inhaltliche und kreative Verantwortung für das Werk liegt vollständig beim Autor.

Erstveröffentlichung: April 2024
Neuauflage: Mai 2025

Printed in Poland
by Amazon Fulfillment
Poland Sp. z o.o., Wrocław

52681380R00154